¡Shhh... Esos muertos, que se callen!

Miguel Ángel Mendo

ediciones sm Joaquín Turina 39 28044 Madrid

Colección dirigida por **Marinella Terzi**

Primera edición: mayo 1993
Segunda edición: septiembre 1993
Tercera edición: junio 1994
Cuarta edición: mayo 1995

Cubierta: *Alfonso Ruano/César Escolar*

Comercializa: CESMA, SA - Aguacate, 43 - 28044 Madrid

ISBN: 84-348-4049-9
Depósito legal: M-17228-1995
Fotocomposición: Grafilia, SL
Impreso en España/Printed in Spain
Imprenta SM - Joaquín Turina, 39 - 28044 Madrid

Para Carmina, en justa penitencia

[illegible] de la muerte [illegible]

[illegible] Ramírez y José Ángel [illegible] que le quedaba [illegible]

[illegible] de guerra con los [illegible]

[illegible]

[illegible] panorama que vio le devolvió la tranquilidad. Todos an[illegible] caban a lo suyo, excepto Ramírez y José Ángel, que le [illegible] [illegible] en su mesa de jefe de sección. Infeliz con

1 *Las mil caras de la mente*

—¡ONOFRITO, que te quedas frito! ¿Sigues yéndote todas las noches de juerga con tus fantasmas, o qué?

Sebastián, el de la sección segunda, decesos, le palmeó la calva a Onofre al pasar junto a su mesa en dirección a los lavabos.

En efecto, Onofre, con la barbilla apoyada en la mano izquierda, hacía desesperados esfuerzos por conservar entreabiertos los ojos y por mantener vertical en su mano derecha una de las hojas del parte de siniestros del mes. Era el mes de julio y todavía faltaban más de veinte días para las ansiadas vacaciones de verano.

Onofre, Onofrito o simplemente Frito para los enemigos (que siempre abundan en toda empresa donde los empleados se conocen desde tiempos inmemoriales) se recompuso como mejor pudo en su silla de madera. Miró a izquierda y derecha para saber si la vigésima octava cabezada de la jornada había resultado demasiado escandalosa para sus compañeros de sección, o no, y el panorama que vio le devolvió la tranquilidad. Todos andaban a lo suyo, excepto Ramírez y José Ángel, que le miraban con una media sonrisa zumbona, y la pesada y gorda de Margarita Bejarano, con su eterna mirada tierna, como de vaca enamorada. Pero don Fernando, allá al fondo, en su mesa de jefe de sección, hablaba con una secretaria y no se había percatado de su último ataque de modorra.

—¡Onofrito, que te quedas frito! —repitió Ramírez desde su mesa, y Jose Ángel, su vecino de escritorio, le rió la gracia con aspavientos simiescos escondiéndose detrás de la pantalla del ordenador como un colegial histérico. La frasecita graciosa ya era un lugar común en las cuatro plantas de la agencia de seguros La Protectora Universal y desde hacía varios meses se repetía casi cotidianamente. Era uno de esos aciertos creativos —precisamente del canalla de Ramírez— que calan hondo entre el personal, como ocurre con los buenos apodos, y Onofre sabía que no podía hacer nada contra ello, excepto aguantar y esperar que la moda pasase. En alguna ocasión había intentado inventarse alguna ocurrencia con Mario, el botones cabezón, o con doña Belisaria, una contable de la sección de renovación de pólizas, con la idea de que cuajase una nueva gracia en la casa y se olvidasen de la suya, pero no había nada que hacer. Hacía falta mucha chispa para eso. Y con «Mario-cabeza-de-búnker» o con «Belisaria la emisaria» (era muy correveidile la tal señora) no había conseguido desbancar el indudable acierto de «¡Onofrito, que te quedas frito!».

Por fin sonó la ansiada hora de salida. Las tres en punto de la tarde. Horario de verano. Pero era miércoles, tan sólo, y las semanas parecían que hacia el final del curso se estiraban cada vez más, como si fuesen de goma. Una goma que, con el calor, se hacía más elástica y pegajosa.

Onofre salió de su mesa, tras ordenar sus papeles, y con un rápido e incomprensible farfulleo, una especie de «Bueno, a-ana», se despidió de todos y, esquivando hábilmente a la gorda, a Margarita Bejarano, que siempre aprovechaba cualquier situación para pegarse a él y quedarse mirándole bobaliconamente, se largó con viento fresco escaleras abajo, sin esperar los tumultos de los ascensores.

Pasó la tarde como casi siempre. Fue a visitar a su madre, comió y merendó allí y se quedó viendo la tele en su sillón de orejas favorito de toda la vida, donde echó un par de cabezadas, una más larga que otra. Luego se fue a comprar el pan y algunos yogures y unas cervezas a la tienda de ultramarinos de debajo de su casa, se los dio a la portera para que se los guardase en la nevera, charló un rato con Alberto, un vecino que sacaba a su perro siempre a esas horas, cuando empezaba a refrescar, se echó un par de partidas de dominó en la taberna de al lado con el taxista y su primo y con Lorenzo, el estudiante de derecho del 16, y por fin se subió a casa, con sus cervecitas, dispuesto a pegarse una ducha, hacerse la cena en calzoncillos (pechuga congelada y sandía) y comérsela tan ricamente junto a la ventana del comedor-cuarto de estar-recibidor, todo en uno.

Y eso fue lo que hizo. (Maravillas de la condición humana, que puede organizar el futuro.)

Luego estuvo viendo otro poco la tele, repanchigado en el sofá y haciendo esfuerzos por no dormirse en el telediario. Pero a eso de las doce menos cuarto, como si hubiese sonado un timbrazo en su cerebro, se puso completamente de pie, y con gran energía, un hombre nuevo, despierto y muy animado, se fue a la cocina a tomarse un vaso de leche con galletas María, se fue a lavar los dientes, bajó todas las persianas, cerró el gas, echó el cerrojo a la puerta de la casa, se quitó las chanclas, se rascó la espalda contra el trozo de pared de su habitación reservado para ello y se metió en la cama frotándose las manos. Dobló la almohada junto a la cabecera de la cama, se sentó cómodamente, arrellanándose contra ella, y asomó la cabeza por encima de la mesilla con satisfacción. Su radio-despertador marcaba en ese instante las once cincuenta y nueve. Mayor exactitud organizativa del futuro, imposible. Apretó un botón donde ponía «ON» y una extraña música invadió el dormitorio. Era como de cine de ciencia ficción, con mucho sintetizador lleno de ecos y muchos timbales. Luego una voz grave, lenta y ampulosa, que sonaba como si surgiese del fondo de un pozo, afirmó:

> «—Estamos rodeados de energías ocultas. Nosotros mismos somos una inagotable fuente de energías desconocidas. Sí. Para las personas lúcidas todo es un misterio. Pero un misterio que nos llama: luces en el cielo, sonidos en el alma, recuerdos de lo que aún no hemos vivido, encuentros en el más allá, telepatía, magia... Misterios tan antiguos como el ser humano. Simples manifestaciones de... ¡LAS MIL CARAS DE LA MENTE!»

«ENTE - ENTE - ENTE...», decía la reverberación perdiéndose en el infinito, mientras subían a primer término, de manera alarmante, los timbales y las trompetas Yamaha del apocalipsis. ¡Qué agradable escalofrío sentía Onofre en esos instantes! Todas las noches la misma presentación del programa, todas las noches los mismos pelos del brazo derecho de Onofre estirándose sobrecogidos.

> «—Un programa para los amantes de la parapsicología y de todos aquellos inquietantes fe-

nómenos sobre los que la ciencia aún no ha podido hallar respuesta. Un programa presentado y dirigido por Federico García Rebolludo.

—Muy buenas y místicas noches —dijo García Rebolludo después de que la voz de mujer que le había presentado calló y una vez que se había ido definitivamente la música—. Este programa va a estar dedicado íntegramente a ese curioso fenómeno que se produce en determinados lugares y en determinados momentos y que nuestros sentidos no pueden percibir directamente. Se trata de algo que ustedes ya conocen, porque hemos dedicado varios programas a ello: los sonidos que vienen de otra dimensión, las psicofonías.»

Onofre dio un respingo en la cama. Era uno de sus temas favoritos. Él mismo, algunos fines de semana, se había dedicado a grabar con un simple casete el silencio de viejos edificios abandonados y de pequeños cementerios de algunos pueblos. El resultado había sido, cuando menos, esperanzador, y fascinante, pues entre algún ladrido de perro que otro y el constante ruido del propio motor del aparato había creído oír, tras repetidas y repetidas e inquietantes audiciones en la mesa del comedor-cuarto de estar-recibidor, algunas sílabas sueltas pronunciadas por entes humanos inequívocamente astrales. «Batuta» fue el mayor de sus logros. O tal vez «Astuta». Y un par de lamentos guturales que le encogieron el corazón, más que de pena, de pánico. Si hubiese dispuesto de una grabadora mejor, a ser posible de cinta ancha..., seguro que lo hubiese enviado al programa de radio.

«Y vamos a dedicar este programa a las psicofonías porque, de forma sorprendente, y ahora les explicaré en qué circunstancias, ha llegado hasta nuestras manos una grabación, evidentemente profesional, con un material sonoro impresionante, de verdad. Lo van a comprobar ustedes mismos.

La hemos recibido en un paquete, mediante un servicio de mensajeros, y no aparece en él ningún nombre del autor o autores de la grabación, ni tampoco referencia alguna que pueda indicar el lugar de procedencia. Tengo aquí el envoltorio, en mis manos, y es, ciertamente, enigmático. Es un papel corriente, de los de hacer paquetes, sin ninguna etiqueta en absoluto. Pero, eso sí, con un extraño dibujo en el centro, realizado con una técnica muy especial. ¡Parece como si estuviese grabado al fuego! Y representa un sofisticado puñal, o daga, con un ojo en la cacha y con la hoja bañada en sangre y de cuya punta caen unas gotas. Pero lo más curioso... y espeluznante... del diseño es que esas cuatro gotas no son tales gotas de sangre, sino que, como van aumentando de tamaño, se observa que contienen igualmente un ojo dentro de ellas. Un puñal goteando ojos. Ojos que nos miran impasibles, taladrándonos con su aguda pupila.»

—¡Dios! —exclamó sin poderlo evitar Onofre en la soledad de su dormitorio. Y, aunque tuvo dudas, decidió subir un poquito más la radio. ¿Podría alguien que no fuese de sustancia sobrenatural haber imaginado siquiera algo parecido? Era algo apocalíptico. Esta vez hasta los pelos del cogote se le erizaron. Tal vez era el efecto de la noche y de la profunda voz del locutor, pero de repente miró a su alrededor con miedo a tener miedo. La pequeña lámpara sobre la mesilla, tan ahorrativa, provocaba extrañas sombras en la ropa colgada en la silla y en el interior del viejo armario de madera, cuya puerta nunca conseguía cerrar del todo. Y aunque al principio se resistió, acabó echando una mirada de ansiedad también a través de la puerta del dormitorio, hacia el oscuro pasillo, intentando escuchar algún ruido especial. Sin duda, estaba empezando a entrar en la fatídica espiral del miedo. Pero no. No podía apagar en ese momento la radio. Al fin y al cabo, desde hacía más de seis meses escuchar ese programa se había convertido en la actividad cotidiana más importante para él. Y no podía negarse a sí mismo que le encantaba pasar un poco de miedo. Pero... sólo un poco.

2 *Tres lunares*

«—Hemos escuchado esta grabación docenas de veces —decía emocionada la famosa voz de García Rebolludo a través de las ondas— y se la hemos hecho escuchar a nuestro amigo y experto en el tema de las psicofonías, al que ustedes ya conocen, el profesor Emilio Foggi-Valero, porque, como ustedes comprenderán, es necesario autentificar este tipo de experiencias, máxime en casos como éste, que se prestan a todo tipo de falsificaciones. De hecho, eso fue lo primero que pensamos, que se trataba, tal vez, de una pequeña farsa anónima. Pero ha sido el propio profesor Foggi-Valero el que ha autentificado este documento. ¿No es así, profesor?

—Efectivamente, querido Federico. Hemos sometido la grabación a varias pruebas, y en todas ellas ha salido airosa. Todo mi equipo de colaboradores y yo hemos analizado la cinta minuciosamente. Puedo decirte taxativamente que, así como hay fragmentos de la grabación cuyo origen podría resultar dudoso, hay otros que se han impreso en el acetato sin que hayan intervenido medios físico-químicos, con absoluta certeza.

—¿Eso quiere decir, en otras palabras —aclaró García Rebolludo—, que esos fragmentos no han sido grabados por voces humanas, ni por sonidos producidos directamente junto al aparato grabador?

—Exactamente. Lo ideal es disponer de una cámara de Faraday, es decir, de una cámara de gruesas paredes de plomo, herméticamente cerrada, donde se coloca el magnetófono en marcha. Ningún sonido físico puede llegar a ella. Si, una vez acabada la experiencia, algo ha quedado registrado en la cinta, entonces sabremos con certeza que lo han producido energías procedentes de otra dimensión espacio-temporal, y no sonidos corrientes. Y analizando posteriormente la cinta al microscopio, se comprueba con bastante fiabilidad que los registros en las micropartículas magnetizadas tienen características diferentes.

—Bien, pues pasemos a escuchar, sin más, la grabación. Haremos, si le parece bien, algunos comentarios sobre la marcha, en los espacios en que sea posible, naturalmente. ¿De acuerdo, profesor?»

Onofre se abrazó a sus peludas piernas. Vivía unos momentos de intensa emoción. Ni más ni menos que el famoso profesor Foggi-Valero atestiguaba la importancia y veracidad de los, sin duda, asombrosos sonidos procedentes de otras dimensiones que estaba a punto de escuchar. Abrió bien las orejas para no perder ni un solo detalle.

Un chisporroteo inicial le conturbó enseguida.

«—Aquí parece que se escucha una especie de ruido de telas, un frotamiento —intervino el profesor con voz susurrante—. Pero es simplemente el sonido de la ropa de la persona que ha puesto en marcha el magnetófono, y que enseguida se retira. Luego hay un gran silencio... Los pequeños grititos que se pueden escuchar al fondo son, inequívocamente, murciélagos. Y esa resonancia tan grande parece indicarnos que nos hallamos en un lugar cerrado, de altos techos. Podría ser una cripta, o una bodega o una cueva, y es de noche, o es un lugar muy oscuro. Pero... ¡atención, porque enseguida oiremos los primeros sonidos extraños! Fíjense en que no vamos a escuchar pasos u otro tipo de ruidos que nos indiquen que alguien se ha acercado al magnetófono...»

Más despierto no podía estar Onofre. Ni más concentrado. Contenía incluso la respiración para poder oír mejor. Empezaron a oírse unos ruidos. Como golpes sordos contra el suelo. Un suelo de tierra. Eso era, al menos, lo que interpretó Onofre, con el corazón latiéndole a toda velocidad.

«—Escuchen: parecen golpes de un pico cavando en la tierra. Golpes dados con una tremenda energía. Una fuerza sin duda sobrehumana. Y no se detienen. ¡Y ahora, atentos!

—¡Ggggaaaeeeniiiiiiii!

—Eso es un sonido gutural. Pero parece de algún extraño animal. ¡Atención!

—Oenaaaee...vvvre.

—¡Eso sí es una voz humana! ¡Eso sí! ¡Va a continuar!

—Treees luuunaresss en la siennn.

—¡Tres lunares en la sien! ¡Eso es exactamente lo que ha dicho! ¡Y ahora lo va a repetir!

—¿Qué significa eso, profesor?

—No sabemos. Parece estar hablándole a alguien, por lo que va a decir después. Es una manera de identificarlo. "Tres lunares en la sien". Alguien tal vez del pasado más remoto. Parece una maldición, como verán ahora.»

Onofre dio un salto en su cama. Le temblaba todo el cuerpo. ¡Tres lunares en la sien! Se echó la mano al lado derecho de su frente. Allí estaban, cómo no, los tres malditos lunares que tanto había odiado siempre. ¡Él tenía tres lunares en la sien! ¡En la sien derecha! Tres lunares cubiertos ya de un sudor frío que se extendió inmediatamente por todo su cuerpo.

«—¡Yaaacerás juntooo a míííí de aquííí a treees díaaas!»

La voz, abismal, entrecortada, susurrante, parecía transmitir a través del aparato de radio un aliento helado y apestoso, un aliento putrefacto. Era una voz morbosa y sin matices. Casi inhumana.

«—¿Ésa era la maldición: "Yacerás junto a mí de aquí a tres días", profesor?

—Sí. Ésa es la maldición. El que habla parece un muerto, alguien que está enterrado, en una cripta tal vez, que maldice a alguien del mundo de los vivos. Es espeluznante, ¿no? Le anuncia que estará muerto, y enterrado con él dentro de tres días. Pero lo que no identificamos del todo son esas palabras que ahora vuelve a decir, que repite. Atentos, porque enseguida aparecen.»

La radio retransmite un silencio largo, pastoso, aunque continúan los golpes del pico contra la tierra. Onofre está quieto, estático, arrebujado en su sábana, bañado en sudor. ¿No será una pesadilla todo esto? No. Simplemente le está hablando un muerto a través de la radio. A él o a alguien que, como él, tiene, o alguna vez tuvo, tres lunares en la sien. «No puede ser. ¡No puede ser! ¡Yo no!» Onofre se muerde la mano con todas sus fuerzas, casi a punto de hacerse sangre. Todo su cuerpo tiembla, pero no se atreve a moverse. Los golpes del pico cavando la tierra invaden toda su habitación. Y de repente, de nuevo:

«—¡Oenaaae...vvvre!»

«—¿Oenaevre? ¿Qué es Oenaevre, profesor?

—No hemos llegado a identificarlo del todo. Uno de mis colaboradores afirma que puede ser un nombre bretón, o tal vez incluso "Genièvre", el nombre en francés de la reina Ginebra, la esposa del rey Arturo, la amante de Lancelot du Lac. Puede que sea una maldición lanzada precisamente contra la reina Ginebra por...»

—¡¡Imbéciles!! ¡Es Onofre! ¡ONOFRE! ¡O-NO-FRE! —el pobre Onofre grita como un energúmeno contra el aparato de radio—. ¡Soy yo! ¡Es una maldición contra mí, contra uno de vuestros oyentes! ¿No lo entendéis? ¡¡Onofre!! ¡Maldita sea! ¿Cuál es el teléfono de la radio? ¡Tengo que hablar con ellos..!

«—Pero vamos a seguir escuchando la cinta, porque lo que viene ahora es aún más interesante. Parece que surge otra persona. Y esta voz que ahora vamos a oír es de esas que, inequívocamente, más claramente aún que la otra, no ha sido grabada por una voz humana. Adelante.»

Onofre vuelve a enmudecer. Están radiando un mensaje para él. Un mensaje terrorífico. Pero sabe que no puede perderse una sola palabra de todo aquello. Intuye que sumirse en el pánico, en el descontrol, puede ser fatal. Su vida está en peligro inminente. Intuye la muerte... o algo aún más terrible todavía... Algo aún muchísimo más espantoso que la muerte.

«—Yaa, mi niñooo, yaaa.»

Ahora es como la voz de una muñeca con las pilas medio gastadas. Esas muñecas que tienen un pequeño disco de plástico y que dicen dos o tres frases. Es casi más horripilante este sonido femenino, excesivamente agudo, grotesco.

«—No lloooores, mi niiiiñoooo. Nosooootros los matareeemos a tooodos. A toooodos.»

«—¿Han oído? ¿No es impresionante? Pero les ruego, por favor, que no vayan a creer ustedes que esta cinta ha sido grabada por profesionales. Sería muy poco ético por nuestra parte colaborar en una broma de tal calibre. Créannos, por favor. Nosotros no hemos tenido nada que ver en...»

«Clic». Onofre ha apagado la radio dando un salto sobre el aparato. Luego se ha quedado allí de pie, junto a la mesilla, quieto, absolutamente inmóvil. Todo su cuerpo suda a chorros, pero él ni se da cuenta. Está colorado, como si su sangre fuera a salirse de las arterias, a abrirse paso a través de la tensa piel de su cara, de su calva. Con un rápido movimiento enciende la luz del techo. ¡Luz! ¡Cómo le gustaría que fuese de día! Todos sus músculos están tensos, al acecho. Pero no se oye ni un solo ruido.

—Dios mío, ¿qué puedo hacer? —musita a punto de echarse a llorar. Trata de recapacitar, trata de entender qué es lo que ha sucedido. Pero es que es algo absolutamente increíble. Él sólo estaba escuchando su programa favorito en la radio, como todos los días, y de repente... Onofre se toca la sien. Tres lunares. «¿Pero yo qué he hecho? ¿Por qué a mí?» Entonces le viene una imagen, sin que pueda evitarlo. Un cementerio, oscuro, una cripta, un cadáver putrefacto que le mira sonriente, un cadáver descarnado y con la piel seca, pegada a los huesos, que le tiende las manos, satisfecho, que se abalanza sobre él, le aferra como si sus manos fuesen auténticas tenazas y le arrastra hasta el borde de una tumba.

—¡Noooo!

Se asoma poco a poco a través de la puerta de su dormitorio, temblando todo él. Tal vez ya le han venido a buscar, y están en el salón esperándole para clavarle un cuchillo de hielo en la garganta. O para vaciarle por dentro. O para agarrarle del pescuezo y no soltarle nunca, nunca, nunca más. Pero es allí donde está el teléfono. Y la guía. Tiene que hablar con los de la radio como sea. Sin pensárselo más, Onofre cierra los ojos con fuerza y echa a correr por el pasillo. Todas las películas de miedo que ha visto en su vida pasan por su mente en esos momentos. ¿Quién jadea a su lado? ¿En qué parte del cuerpo sentirá el impacto, la garra que le va a rasgar como si fuera de papel? ¿Qué espantosa visión aparecerá ante él cuando llegue al salón y abra los ojos?

Nada más alcanzar la puerta del salón, de un manotazo frenético enciende la luz y abre los ojos. El corazón se le encoge como una ciruela pasa. Nada. No quiere ni mirar hacia atrás. Las guías de teléfonos están debajo del sofá. Se tira en el frío suelo rodeado de zumbidos, de sombras, de imaginarios aullidos detrás de su cabeza. Mete la mano entre las patas laterales del sofá. De repente una red pegajosa, como una gigantesca tela de araña, cae sobre él, le cubre la cara, asfixiándole. «¡Ya están aquí! ¡Ya me tienen!»

—¡Aaaaaagggh!

Onofre palmotea, agita frenéticamente la cabeza tratando de zafarse de la mortífera trampa que ya casi le tapona la nariz, la boca, los ojos... Se levanta como impulsado por un muelle, golpea con sus puños a su alrededor saltando de un lado al otro del sofá, da patadas a diestro y siniestro... hasta que consigue librarse de aquella masa viscosa que se aferraba a su rostro. ¡Por fin! Toma aire con ansia, como si fuese la última bocanada de oxígeno que le ofrece la vida, dispuesto al nuevo ataque de los espectros asesinos que han invadido su salón. Pero no hay un nuevo ataque. «¿Dónde? ¿Dónde estáis, malditos?» A sus pies yace la espantosa red que ha estado a punto de acabar con él. Es simplemente un pañito de algodón, uno de los mantelitos de ganchillo que le hizo su madre para los brazos del sofá. ¡Maldita sea! Ha debido de tirarlo al meterse debajo del sofá. ¡Uf! ¡Qué idiotez!

Pero no hay tiempo que perder. De nuevo al suelo, por las guías. Ya la tiene. La abre. RADIO, RADIO... ¡No, es la otra guía! RABANERO, RACE, RADAR, RADIO... Radio, por fin. Radio Cadena Española, Radio Intercontinental. No, más arriba... Radio Ibérica. ¡Aquí está! Marca el número, nervioso.

—Por favor, puede ponerme con Federico García Rebolludo —sólo le sale un hilo de voz—. Del programa «Las mil caras de la mente». Es muy importante que...

—Lo siento, pero no están en la emisora. Es un programa grabado.

—Vamos a ver... Mire, es que... necesito urgentemente hablar con Federico García...

—Le estoy diciendo que no está aquí. No es un programa en directo. Si quiere hablar con él, tiene que llamarle a partir de las ocho de la tarde. Graban a partir de esa hora, en el estudio tres.

—Pero...

—¿Necesita alguna cosa más?

—No, no... Y... Espere un momento... Oiga, ¿el teléfono de su casa...? ¿No podría...? Es que es muy impor...

—No estoy autorizada a dar el teléfono de su domicilio. Lo siento. Llame mañana, a partir de las ocho.

Han colgado. Y ahí se queda Onofre, estupefacto. Sin saber qué hacer. Es casi la una de la madrugada. ¿A quién puede llamar? ¿Y qué le va a decir? Tal vez lo mejor sea contárselo todo a su madre. Pero... ¿y ella qué puede hacer? Le gustaría irse a dormir allí, a su casa. Dormir mucho, sin pensar en nada, y mañana por la mañana, a la luz del día... ¿Qué pasará mañana? TRES DÍAS. ¡¡Le quedan TRES DÍAS!! «Uno por cada lunar», piensa, sin poder evitar una sonrisa amarga. Pero su madre lo único que puede hacer es asustarse. A estas horas... Sí, está claro. Todo el mundo se iba a reír de él, más aún de lo que ya se ríen.

Onofre se va hacia la cocina, casi a la carrera, encendiendo todas las luces que hay a su paso. Parece que no hay nadie. O al menos, no hay nadie de carne y hueso. De nuevo los pensamientos que te sumergen en el pánico. «Nadie de carne y hueso», piensa. Pero puede que esté rodeado de energías, de fuerzas malditas, de sonidos inaudibles, de cuchicheos, de risas, de miles de alaridos del más allá. Tal vez enferme inmediatamente. Sí, eso es. Una enfermedad mortal. Un ataque al corazón. Allí solo, en su cocina. Tal vez ahora mismo... El maleficio ya está actuando. Solo como un perro, en la soledad de una casa triste. Ha sido una vida triste y gris la suya. Una vida mediocre. Sobre una de las estanterías de la rinconera hay una botella de coñac. La coge, y un vaso. Un buen trago, sin dejar de mirar hacia la puerta. ¿Por qué no? Es un buen momento para enfrentarse a su realidad, si todo ya está terminado. Sí, por qué no reconocerlo: ha sido un ser sin aspiraciones en la vida. Y solitario. Sin amigos de verdad, sin amores. Tal vez podría haber hecho migas con la gorda, con Margarita Bejarano. Es la única que se ha interesado por él. Un nuevo trago de coñac, amargo. ¡Pero es tan rara! ¡Y tan fea, la pobre! Siempre se le queda mirando como una estúpida, con ojos de carnero degollado. Y a veces, todo lo contrario, tan seria, tan huidiza, tan descuidada... «¡Qué vergüenza! ¿Cómo me iba a dejar ver con la gorda? Sería el hazmerreír de toda la empresa.» Pero, además, ya, qué más da. Ya todo se ha acabado.

Onofre, en calzoncillos, apoyado contra el fregadero, con un vaso de coñac vacío en la mano, se siente el ser más absurdo de la creación. El más ridículo. Siempre ha sido un personaje ridículo. Y tal vez lo único importante que le haya pasado en la vida sea esto. Ha salido en la radio. Para que un ciudadano de los planos astrales le condene a muerte. Ja, ja, ja... Qué divertido. ¿A quién le ha hecho mal él en la vida? Hay un muerto que no le perdona algo. Pero ¿qué? ¿Quién? Tiene que intentar recordarlo ¿Algún amigo del colegio al que le robó unas canicas? ¿Algún compañero en la academia de contabilidad? Si él siempre ha sido un bendito. Un poco canalla, la verdad, un poco hipócrita y cobardón, pero nada más. A no ser..., a no ser que sea una maldición relacionada con otras vidas anteriores... Podría ser. Es como para morirse de risa. Sí, eso es: a lo mejor ha sido un asesino en una vida anterior. O... un verdugo de los que cortan cabezas en el patíbulo. Sí, le va más haber sido funcionario. O... ¡él qué sabe! ¡Puede haber sido tantas cosas! Cuando se encuentre con él en la cripta, ya muerto, con el sudario puesto, le reconocerá. Seguro.

Onofre enfoca con cierta dificultad el radiocasete que tiene sobre la mesa de la cocina, para escuchar las noticias mientras desayuna. Los vapores del alcohol están haciendo sus efectos. De todas formas ya no se va a dormir. Ni siquiera va a intentarlo. Es mejor estar ahí, con todas las luces encendidas, aunque luego la cuenta de la luz se ponga en un pico. Tal vez mañana consiga olvidarlo todo..., pero sabe que no. Da unos pasos, agarrándose a la mesa de la cocina, y enciende la radio. No hace falta sintonizarla. Siempre está en Radio Ibérica.

«—... es lo más intrigante de toda la cinta. Yo, después de oírlo decenas de veces, me inclino por esta versión: "En el rito que se queda, el rito...", y ahí parece que se interrumpe la frase.

—A mí me parece que dice "grito" y no "rito", aunque, claro, es tan difícil...

—O sea, que tú, Federico, lo interpretas como "En el grito que se queda, el grito...".

—Sí. O algo así. Vamos a ver qué opinan nuestros oyentes. A ver si recibimos muchas cartas de todos aquellos que están escuchándonos. Si le parece, profesor, antes de despedirnos, pasaremos ese trozo del final otra vez, y presten ustedes mucha atención, porque nos interesan sus opiniones. Vamos a poner otra vez la última frase que se escucha en la cinta. Atentos:

—¡Oenaaae...ffvvvritooo, que tae quedass frrrvitooo!»

—¿Eeeeeeh? —grita Onofre medio beodo, sin tener para nada en cuenta el sueño de sus vecinos—. ¡Ramírez! ¡Ha sido el maldito de Ramírez! ¡Él y seguro que el canalla de José Ángel! ¡Han sido ellos! ¡Todo es una broma de esos cerdos, hijos de perra! ¡¡Una miserable broma!!

3 *La venganza sufí*

ONOFRE se despertó con el tiempo justo para desayunar café del día anterior con leche fría y un par de galletas. Pero tampoco tenía hambre. Eso sí, un dolor de cabeza descomunal. El coñac y las pesadillas que le habían enmarañado los sueños, de forma deshilachada a lo largo de la noche, le habían dejado el cuerpo baldado y la cabeza como una bola de corcho cuajada de alfileres. Lo curioso era que en todas las pesadillas, extrañamente realistas, se veía a sí mismo vengándose violenta y sanguinariamente de aquellos dos canallas. Además, estaba realmente fatigado tras el último y más profundo sueño, como si en vez de dormir hubiera estado trabajando, o caminando por la ciudad durante toda la noche.

Pensó no ir al trabajo, pero además de que no podría justificar la falta tan fácilmente, llegó a la conclusión de que esconder la cabeza bajo la almohada y quedarse en casa alegando enfermedad sería muchísimo peor, porque demostraría que la broma había funcionado y que él no había encajado el golpe. Así es que decidió ir a la oficina como si nada hubiera pasado, como si la noche anterior no hubiese oído la radio. Eso es. Tenía que conseguir que nadie notara, o simplemente intuyera, el miedo y la angustia tan ridícula que había sufrido. Cara de póquer. Eso era lo más importante. Hacerse el inocente, como el que acaba de llegar. Pero no iba a ser tan fácil. José Ángel y Ramírez le estarían esperando como el tigre que acecha al ratoncillo, seguros de sí mismos, escrutándole con ojos penetrantes para descubrir el más mínimo azoramiento, el más leve sonrojo de sus mejillas. Y entonces, la fiesta, el desmadre y el recochineo no iban a parar durante semanas. Todos en la sección primera sabían que Onofre era un apasionado de los ovnis, la telepatía, la conjunción mágica de los astros, la energía de las pirámides y todos esos temas relacionados con el más allá. Y que el programa de radio de García Rebolludo no se lo perdía jamás. O sea, que la cosa estaba bastante complicada.

Pero para sorpresa de Onofre, cuando se sentó en su mesa de trabajo, Ramírez y José Ángel aún no habían llegado y todo el mundo le saludó con la habitual desgana. Era bastante insólito. ¿Por qué se retrasaban aquellos dos gamberros precisamente ese día? Deberían estar allí desde muy pronto, rodeados de todos sus secuaces, con la media sonrisa sardónica presta a estallar en carcajada descomunal. Todo un grupo de «compañeros», en semicírculo, con ellos dos en medio, observando despiadadamente sus primeras reacciones mientras aguantaban la risa. Eso era lo que Onofre se había esperado como recepción.

Respiró aliviado. Pero por muy poco tiempo, porque enseguida cayó en la cuenta de que también podía ser que estuviesen preparando algo, y por eso no habían llegado aún. O tal vez andaban por otras secciones contándole a todos los demás la bromita de la noche anterior. Sí, eso era. Tenían que sacarle el máximo jugo a aquella aventura que, indudablemente, habían preparado a conciencia. Seguro que llevaban semanas urdiéndola, y no iban a dejar sin explotar al máximo los resultados, justamente el día más esperado.

A Onofre le entraron los temblores. Pensó en huir rápidamente de lo que ya consideraba una encerrona. Pero, sin embargo, el caso era que nadie le miraba. Bueno, excepto Margarita Bejarano, cuyos ojos, allá a lo lejos, desde su mesa, le dirigían una mirada brillante y una sonrisa aún más esplendorosa de lo habitual. «¡Qué pesada la Margarita, puñetas!»

—Oye, ¿has visto a Ramírez? —preguntó a Asensio, su vecino de mesa, un hombre serio, entrado en años y con un bigote cano espesísimo.

—Pues, ahora que lo dices, no le he visto hoy. Se habrá quedado frito, digo..., perdona hombre; quiero decir..., se habrá quedado dormido.

—Ya. ¿Y a José Ángel?

—Sí. José Ángel llegó muy pronto y no sé qué nos dijo de que tenía que contarnos algo muy divertido. Él y el botones. Venía contentísimo. Bueno, ya sabes cómo es él. Siempre de cachondeo. Pero no sé dónde se habrá metido...

En ese preciso instante Alfonso Bermejo, el contable, irrumpió en la sala agarrándose a las mesas, con la cara tan blanca como su camisa, dio dos o tres pasos torpes y cayó al suelo de bruces, con un ruido sordo, como si se desparramara un saco de patatas. El grito que dio Loli, la secretaria de don Fernando, estuvo a punto de perforar los tímpanos de todos los presentes, incluidos posiblemente los del pobre Bermejo, inconsciente en el suelo. Y el alboroto consiguiente se propagó por las distintas secciones de la planta tercera como la pólvora, de tal manera que en cuestión de segundos el accidentado se encontraba rodeado de personas que impedían que le llegase oxígeno pero que, invariablemente, gritaban que había que despejar la zona, que el accidentado necesitaba oxígeno.

Mientras una facción defendía que había que incorporarle, darle agua en la frente y hablarle, otro grupo sostenía, también a gritos, que había que dejarle tal cual se encontraba, a la espera del facultativo, o sea, hecho un ovillo y sangrando por la nariz, y un tercer frente, comandado por Loli, abogaba enérgicamente por reavivar su riego sanguíneo poniéndole cabeza abajo, masajeándole las muñecas, cacheteándole las mejillas e incluso haciéndole la respiración boca a boca. En lo más acalorado del debate, el interesado, el propio Bermejo, levantó la cabeza y se quedó mirando al techo con la cara muy fea, como tratando de que los ojos se le enderezaran de una maldita vez. Pero no lo conseguía.

Ello provocó, sin embargo, un silencio absoluto, que aprovechó el damnificado para proclamar con voz cavernosa:

—¡En... el váter de caballeros!

Dos o tres caballeros, y Loli, que no se perdía ni una, galoparon hasta el lavabo por detrás del compacto grupo, mientras el resto, con la cabeza semivuelta, permanecía expectante alrededor del contable caído, tal y como si en esa pose los hubiera colocado El Greco mismamente.

Un chillido aún más penetrante (si cabe) y prolongado de Loli desde el lavabo los sacó a todos de su tensa quietud.

—¡Han matado a José Ángel con un puñal! —vino y anunció a todos Asensio, desencajado pero con el cierto aplomo que le daba su gran bigote canoso.

Pero no acabó ahí la cosa. Ni mucho menos. Porque antes de que alguien pudiese recomendar que se llamase a la policía, antes aun de que todos pudiesen abalanzarse al váter de caballeros para ver cómo José Ángel estaba muerto, o si de verdad estaba muerto, hizo una alarmante llamada de atención por el otro lateral, don Fernando, el jefe de sección, con el auricular de su teléfono en la mano.

—Ha llamado una vecina de Ramírez —dijo lívido ante sus asombrados subalternos—. Está la policía en su casa, indagando. ¡Parece ser que... han asesinado a Ramírez... también!

Hubo desmayos —el más aparatoso, sin duda, el de Loli—, carreras, lamentos y crujir de dientes. Y Onofre, que ya no sabía si era víctima de una broma metamorfoseada en pesadilla, o si él mismo era la pesadilla de un enfermo mental llamado antiguamente Onofre, deambulaba de un lado al otro, de una noticia a la otra, de una sección a la otra como un espectro de teatro de *varietés*, con la cara y la calva tan blancas como la camisa del contable. Le temblaban las corvas y le tiritaban los globos de los ojos: aquello ya no era un juego de dos gamberros, aunque, bien mirado, si la progresión de desatinos tenía una lógica, podía ser el juego de veintiocho gamberros, convencidos por José Ángel y Ramírez de que no podía ser desperdiciada la ocasión de una broma digna de ser inscrita en el *Libro Guinness de los Récords.*

Luchando denodadamente contra la paranoia andaba Onofre —y por los gestos que hacía, perdiendo— cuando acabó por sentarse a su mesa, tembloroso, vigilando a todos con el rabillo del ojo. Era su escritorio, su viejo reducto, su refugio cotidiano, su cubil mental frente a las asechanzas del mundo hostil. Pero no pudo ni siquiera disponer del tiempo suficiente para armarse de un poquito de valor ni para recomponer mínimamente la cara de lelo que se le había quedado. Aún no había abierto su cajón, tanteado sus bolígrafos y lapiceros, recobrado la dimensión del ancho de su mesa, con el borde monótonamente instalado a la altura de su tercer michelín abdominal, cuando de un bote salió disparado de su silla de madera, como si le hubiera picado un áspid. Corría despavorido, gritando cosas incomprensibles.

No era para menos. En la primera hoja del parte de siniestros del mes, sobre su mesa, alguien había impreso con un tampón, en letras grandes:

LA VENGANZA SUFÍ

junto con el dibujo de un puñal de cuyo filo goteaban ojos. El sello mismo, del tipo de los que utilizaba él para estampar un «URGENTE» o un «PAGADO», reposaba junto al papel y junto al estuche abierto con la almohadilla entintada en color violeta, marca Pelikán.

Era excesivo todo aquello para las neuronas del pobre Onofre, acostumbrado a sorprenderse, de manera relativa, a horas fijas, esto es, de doce a dos de la madrugada, escuchando la radio. Corrió como una flecha hacia la salida, hacia la calle, sin dudarlo un solo segundo. En su mente se veía ya metido en la cama de su santa madre, hecho un ovillo y tapado hasta por encima de la cabeza, como cuando era pequeño y había tenido un sueño pernicioso.

Pero, tras sortear diversos obstáculos en forma de oficinistas deprimidos, alarmados, discutidores, lloriqueantes o simplemente desmayados, cuando ya había conseguido sobrepasar el *hall* de los ascensores y estaba a punto de agarrar la barandilla de la escalera, una especie de tremenda garra le enganchó por el cuello de la chaqueta y le frenó en seco. Saltaron los dos botones de la americana.

—¡Noooooo! —gritó, y la voz le hizo un gallo, de puro pánico.

Intentó alcanzar los primeros escalones, pero estaba totalmente desequilibrado, sin poder recuperar la vertical, y la garra le apresó el cuello de la camisa también y tiró hacia atrás sin ningún tipo de contemplaciones.

—¡Yo no he hecho nggdlffff...!

Por más que intentaba forcejear, no conseguía que sus talones se apoyasen con fuerza en el suelo, y sus grasas y sus gorduras le impedían dar un salto de agilidad que le permitiese zafarse de otra manera.

«¡LA VENGANZA SUFÍ!», pensó mientras se veía arrastrado irremisiblemente por el cuello, a punto de asfixia, hacia una puerta que se abría frente a los ascensores.

Y entrando, como un cochino el día de la matanza, en la oscuridad de aquel lugar, y mientras la puerta se cerraba, ya se precipitaba él a sentir en cualquier parte de su pecho, preferiblemente entre la tercera y la cuarta costilla intercostal, un puñal penetrando en sus carnes fofas.

4 *El pánico (justificado) de Mario*

—¡CANALLA! ¡A mí no me matarás como a los otros dos! —gritó Mario, el botones, blandiendo un abrecartas sobre la cara de Onofre. Se había sentado a horcajadas sobre su abultada tripa, y estaba fuera de sí.

—¡Por favor, Mario..., por favor! —pudo suplicar con medio hilo de voz Onofre, protegiéndose torpemente el rostro con las manos—. ¡A mí no me mates como a los otros dos, por favor!

Parecía claro que ambos preferían no ser asesinados como los otros dos, pero la coincidencia no resultaba tan evidente para ellos mismos. Estaban metidos en un pequeño almacén casi lleno a rebosar de paquetes de papel para la fotocopiadora, bloques de formularios, cajas de cinta adhesiva, grapas, bolígrafos y material de oficina de uso cotidiano. La única luz que había era la que entraba por las rendijas de la puerta, que estaba casi cerrada.

—Has sido tú, ¿verdad? ¡Te los has cargado a sangre fría! ¡Dime la verdad, Onofre! —continuaba Mario, casi a punto de llorar de rabia y de miedo. Con sus quince años, un cuerpo pequeño pero musculoso y aquella enorme cabeza, parecía un buzo contrariado y, por tanto, peligroso—. ¡Sí, ya sé que nos hemos pasado un poco, y que la broma se nos ha ido de las manos, pero no era para que te lo tomaras así! ¡Asesino! ¡Que eres un asesino!

Onofre, cuyo pánico le impedía escuchar las palabras de su joven agresor, estaba convencido, una vez más, de que allí se acababan sus días, de que, por extraño que pareciera, Mario-cabeza-de-búnker podía ser LA VENGANZA SUFÍ en persona —cosas más sorprendentes se oían por la radio—, y de que el abrecartas que agitaba tan cerca de sus ojos —propaganda de La Protectora Universal— era una daga de sacrificio ceremonial, con un ojo grabado en sus cachas. Así que, mientras el botones se dedicaba a cabalgar sobre su tripa lanzándole súplicas y amenazas, que él no entendía, palmoteó nervioso por detrás de su cabeza, instintivamente, buscando algo contundente. Y lo que encontró fue un paquete de mil hojas de papel para la fotocopiadora.

—¡Habla de una vez! ¡Confiesa! ¡Y no te muevas ni un milímetro! ¡Vamos a quedarnos aquí hasta que llegue la policía! ¡Y entonces tendrás que confesarlo todo! ¿Los has matado tú, verdad? ¡Y has sido tú el que ha puesto esta mañana ese dibujo sobre mi mesa, porque después ibas a por mí!

—¿Pero... de qué dibujo me hablas? —dijo Onofre, tratando de entretener al chico mientras se hacía con el paquete de papel.

—¡Ese sello en tinta roja con un cuchillo lleno de ojos! ¡El que pone lo de «LA VENGANZA SUFÍ»!

—¡Yo no he sido, pedazo de anormal! —gritó mientras levantaba el paquetón en el aire y lo dejaba caer con todas sus fuerzas sobre la mollera del botones.

El potente bloque de folios hizo un ruido sordo al impactar contra la cabeza de Mario, que puso los ojos en blanco y dejó caer el abrecartas. El golpe había sido bueno. «Demasiado bueno», pensó de repente Onofre. Porque después de bambolearse un par de veces, el chico cayó de lado, como un muerto. Y lo cierto es que estaba claro que el pobre muchacho no podía ser el asesino: tenía tanto o más miedo que él.

Onofre se asustó al verle allí tirado y sin moverse. Lo mejor era largarse enseguida.

—No..., don Onofre, no me mate... —masculló por fin Mario, que intentaba incorporarse un poco.

Onofre respiró. Pero ¿por qué pensaba el botones que él tenía que matarle? ¿Y por qué le acusaba del asesinato de José Ángel y de Ramírez? ¿Podía alguien llegar a pensar que era tan cruel y tan vengativo? El solo hecho de imaginarse a sí mismo con tanta decisión y sangre fría como para eso, le pareció estimulante, cuando menos. Pero demostraba que el botones no le conocía en absoluto.

Onofre cerró la puerta y encendió la luz: una bombilla pelada sobre sus cabezas.

—Bueno, Mario, tranquilízate, puñetas. ¿Cómo se te ha ocurrido pensar que iba a matarte, hombre? Has sido tú el que me has metido aquí, y me querías clavar ese abrecartas, ¿no? Yo, lo único que he hecho ha sido defenderme, ¿entiendes? Venga... ¿Qué tal estás? ¿Te recuperas?

—Bien, don Onofre, bien. Me duele cantidad la cabeza —decía el muchacho sujetándose el enorme cabezón, aunque parecía más tranquilo.

—Vamos, siéntate un rato y pon la cabeza hacia abajo. Enseguida se te pasa.

—Yo..., yo pensé que había sido usted el que los había matado. Y como yo también he participado en la broma... ¡Estoy muy asustado, don Onofre! —el chico se agarró de sopetón a la chaqueta de Onofre—. ¡Se han cargado a Ramírez y a José Ángel, y el siguiente soy yo!

—No digas tonterías, hombre —dijo sin mucha convicción.

«¡De manera que éste también estaba en el ajo!», pensó en ese momento, y una desconocida e intensísima descarga de violencia irracional invadió su mente. Ante sus ojos aparecieron de forma vívida los sueños de la noche anterior, aquellos sueños en los que, premeditada y fríamente, vengaba a puñaladas la afrenta y el ridículo que aquellos canallas le habían hecho sufrir. Sin poder evitarlo, como si su propia voluntad no le obedeciese, o simplemente estuviese de vacaciones, sus manos aferraron el abrecartas que aún yacía en el suelo. Pero el infeliz de Mario no se percató de ello.

—¡Se lo juro, don Onofre! ¡Sólo quiero que venga de una vez la policía, porque tengo mucho miedo! ¡Están pasando cosas muy raras! —Mario necesitaba soltar toda la angustia que llevaba dentro—. Lo primero fue lo de anoche. Habíamos quedado los tres para oír la radio en casa de Ramírez (¡pobre Ramírez...!). Todo iba de maravilla. Lo estábamos pasando genial, partiéndonos de risa, imaginando la sorpresa que se iba a llevar usted, don Onofre, cuando oyese lo que le habíamos preparado. Pero cuando dijeron que en el paquete que nosotros habíamos enviado por los mensajeros había un dibujo, hecho a fuego, con un puñal de ésos, ya vi yo que las cosas se empezaban a complicar. Porque nosotros lo habíamos enviado en blanco, sin ningún dibujo. ¡Si yo mismo lo llevé a la agencia! Ellos seguían riéndose, aunque yo sé que empezaron a preocuparse. Pero luego..., luego hubo algo aún más espantoso: ¡salieron unas voces muy extrañas en la grabación, QUE NO ERAN DE NINGUNO DE NOSOTROS TRES!

—¿Cómo dices?

—Sí, que yo sé perfectamente lo que habíamos grabado en la cinta. Lo hicimos en una cueva que hay cerca de donde veranea José Ángel, en el pueblo de sus padres. Nos llevamos un pico y nos metimos cosas en la boca para cambiar las voces. La verdad es que nos divertimos mucho..., ejem... Perdone, don Onofre... En el fondo es... es una tontería..., ¿no?

El chico se volvió a asustar. Se quedó callado, tragó saliva y se puso lívido otra vez.

—De verdad, don Onofre... No era más que un... un juego...

Miró con un repentino ataque de miedo a Onofre, el cual aferraba el abrecartas en su mano crispada, con los ojos como enturbiados, fijos en él. Mario estaba ya a punto de ponerse a pegar gritos..., cuando Onofre, dándose cuenta de lo ridículo de aquella situación, se sonrió con azoramiento, enseñando mucho los dientes, se cambió de mano el abrecartas, se dio con él unos golpecitos en la rodilla, hizo como que se iba a limpiar las uñas, o algo así, y acabó dejándolo torpemente en el suelo, como si ya se hubiese aburrido de jugar con él.

—Esto... Son... son los nervios —explicó muy colorado Onofre—. No irás ahora a pensar que yo... ¡Mario, por favor!

El botones se pasó el dedo por el cuello de la camisa, aliviado, pero, como el que no quiere la cosa, apartó lejos el abrecartas.

—Vamos, sigue. ¿Qué pasó después?

—Pues nada, eso, que estábamos escuchando anoche el programa de radio... riéndonos a más no poder... Bueno, esto..., ya sabe... Y... cuando se oyeron aquellas frases horribles, como de una mujer: «¡Yaaa, mi niñooo, yaaaa!» o algo así, que... que no habíamos dicho ninguno de nosotros tres..., yo ya me puse muy nervioso, y estoy seguro de que ellos también... Les dije que estábamos jugando con algo muy peligroso. Porque, en el fondo, a mí siempre me han dado miedo todas esas cosas de la parapsicología, ¿sabe? Pero nada, ellos no quisieron hacerme caso y siguieron riéndose. Incluso se cachondearon de mí, porque me entró miedo. Así es que nos pusimos a discutir, y luego se pusieron a hacer bromas conmigo... Ya sabe cómo son... Esto... Bueno, el caso es que yo me fui a mi casa. Y... es la última vez que vi a Ramírez... ¡Dios! ¡Yo sabía que... que allí estaba pasando algo muy raro!

El botones miró con los ojos llenos de lágrimas a Onofre. Estaba realmente asustado.

—Usted, que entiende de esas cosas, ¿cree que la persona que los haya matado..., bueno, la persona, *o lo que sea*, habrá tenido en cuenta eso, o sea, que yo, al final, me retiré y no quise saber nada de...?

En ese instante empezó a moverse muy lentamente el pomo de la puerta del almacenillo. Tanto Onofre como el botones lo vieron enseguida, pero no se atrevieron a moverse.

—¿Habrá llegado ya la policía? —susurró Onofre, con más miedo que otra cosa.

—No, no... ¡Apague la luz! —Mario estaba temblando incontroladamente—. ¡Yo creo que vienen a por mí!

Onofre extendió rápidamente la mano y le dio al interruptor.

—¿Qué dices? Seguro que es la policía —siseó Onofre, intentando controlar el temblor de su mandíbula. Se habían juntado un poco, como si al estar pegados uno al otro estuviesen más protegidos. Por debajo de la puerta podía verse una línea de luz interrumpida en dos puntos, que eran, sin duda, los pies de alguien. El pomo de la puerta, ahora en la oscuridad, seguía crujiendo muy despacio.

—Ya sé. Es la tonta de Margarita Bejarano, que me sigue a todas partes —dijo entre dientes Onofre, como si quisiese creérselo.

—¡Cállese, por favor! —gritó inaudiblemente el botones con la respiración entrecortada—. ¡¡Vienen a por mí!!

—¡No... no digas idioteces, hombre...! —repuso en voz alta Onofre. Se le escapó la voz, de tan histérico como estaba.

—¡Yaaaaaaaahhhhh! —un prolongado grito les puso a los dos la sangre a congelar, allí, según estaban sentados en el suelo. Se había abierto repentinamente la puerta del almacenillo y una figura siniestra, con un enorme brazo en alto, se abalanzó sobre ellos. No pudieron ver sus rasgos, pues estaba a contraluz y todo fue demasiado rápido. La espantosa silueta, con los cabellos revueltos, movida por la violencia irracional y salvaje de un auténtico poseso, asestó un tremendo golpe con algo refulgente sobre la cabeza del pobre Mario, que lanzó un aullido de dolor. Inmediatamente, desapareció, con la misma increíble agilidad, dando un portazo tras de sí y dejándolos sumidos en la más absoluta oscuridad.

Onofre, cuyo agotado corazón volvía a estar al máximo de revoluciones por minuto, con los escasos pelos de la calva espantados, tanteó en la oscuridad del reducido espacio. La piernas de Mario se movían de manera extraña, como a espasmos, pero el chico no decía nada.

—¡Mario! ¡Mario!

Cuando sus manos llegaron a la altura del rostro del botones, todavía se convulsionaba un poco. Muy poco. Palpó su boca, su nariz, extrañamente viscosas, y fue entonces cuando el canto de su mano chocó contra algo rígido y frío, a la altura de los ojos.

—¡Noooo!

Se incorporó despavorido y, tanteando histéricamente la pared, encontró la llave de la luz y la encendió. A Onofre se le doblaron las rodillas, literalmente, al ver lo que había a sus pies. El pobre Mario yacía como descoyuntado en el suelo, con la cara inundada de una sangre acuosa y llena de grumos y con un puñal clavado hasta el pomo en el ojo izquierdo. El otro ojo lo tenía abierto, pero no miraba a ninguna parte.

Como un desquiciado, Onofre abrió de un empujón la puerta del almacenillo, que golpeó con fuerza contra algo, y echó a correr con toda la velocidad que le daban sus mollas. Llevaba, como se dice, el corazón en la boca, y el estómago también, pero él ni se percataba de eso ni de nada. Bajó las escaleras como alma que persigue el diablo, sin darse cuenta siquiera de que, al abrir la puerta del almacenillo con tanta violencia, había derribado a Loli, la secretaria chillona, que, ya repuesta de su anterior desvanecimiento, era paseada por Serafín, uno de la sección segunda, para que le diese un poco el aire.

La sufrida Loli —caída en el suelo— y su acompañante, atónitos, vieron salir a Onofre de allí, como un fantasma de carreras, y les pudo más el morbo de la curiosidad que la indignación de tan desmedida descortesía por parte de un compañero. La propia secretaria se levantó como un rayo del suelo y se lanzó hacia el pequeño almacén, cuya puerta había quedado entreabierta.

Y todavía Onofre, mientras bajaba las escaleras del portal de La Protectora Universal, de cuatro en cinco escalones, pudo haber oído el agudísimo grito de Loli, increíblemente más agudo y más prolongado que todos los anteriores juntos. Pudo haberlo oído, pero no oía, ni veía nada. Simplemente se estampó contra Avelino Muñoz, inspector de policía, que, acompañado de muchos otros agentes, entraba en ese momento en el portal.

—¡Que no escape ese hombre! —gritó el inspector desde el humillante suelo. Pero nada pudieron hacer los agentes que iban con él, y mucho menos los que aún no habían terminado de salir de los ululantes coches con luces en el techo, que llenaban la calle. Antes de que nadie pudiese reaccionar, Onofre había doblado la esquina y se había perdido en el laberinto de las calles comerciales de la ciudad.

Viéndole echar pestes a unos y a otros y sacudiéndose la culera del pantalón, no se podía decir, desde luego, que el inspector Muñoz hubiese iniciado las investigaciones con buen pie.

5 *El «Cuti»*

SANTIAGO Cutillas, «Cuti», se despertó muy pronto aquella mañana. Se desperezó aún dentro del saco de dormir, se puso las gafas de gruesos cristales y echó un vistazo fuera de la tienda de campaña. Todo parecía aún bastante tranquilo. Encendió la lámpara de cámping-gas con una cerilla y giró el mando al máximo. Intentó utilizar esa misma cerilla para encender la pipa, pero cuando la acercó a la cazoleta la llama no le dejaba sitio para los dedos, así es que tuvo que tirarla en la caja de metal que le servía de cenicero —una caja de vendas, 20 de 20 × 20, del Cotonificio de Badalona— y prender otra. Después de unas cuantas bocanadas, que a aquellas tempranísimas horas le supieron a rayos, puso en marcha el transistor y salió de la tienda. Música de orquestas famosas. Se sentó a contemplar el panorama, si es que a eso que tenía enfrente se le podía llamar panorama (que no), y a fumar en la silla plegable que había a la entrada de la tienda. Oyó, bastante a la izquierda, que alguien cerraba la puerta de su coche. Sí, era Carmela, la del quinto derecha, que trabajaba en el aeropuerto. El coche arrancó, llegó a la planta de arriba y, una vez que el ronroneo de la gran puerta batiente dejó de oírse, subió la rampa y el silencio volvió a llenar el espacio.

Era demasiado pronto para las noticias de las ocho. «Cuti» decidió que era el momento de desayunar. Dejó la pipa junto a la linterna de mano y la navaja multiusos en la mesita plegable que tenía frente a él y se dirigió al lateral izquierdo de la tienda. «A este canalla de Roberto le voy a tener que decir cuatro cosas», pensó al ver que la aleta derecha del coche casi rozaba uno de los vientos de su tienda de campaña. «Como se vuelva a pasar de la raya, le pincho otra rueda». Sacó de debajo del doble techo la caja de plástico que hacía las funciones de despensa y la cocina de cámping-gas y las llevó a la entrada de la tienda.

Al cabo de dos minutos ya se había preparado un *cola-cao* con leche caliente y un par de tostadas con mantequilla y mermelada de naranja amarga, su favorita. Se lo comió todo y metió el plato, la cucharilla, el tazón de aluminio y el cazo de calentar la leche en una pequeña palangana de plástico. Cogió también la cantimplora, que colgaba del pico de delante de la tienda, y su bolsita de aseo y se fue con todo ello, descalzo como estaba, hacia el grifo, allá en el rincón de la derecha, junto a la escalera, para lo que tuvo que sortear, como siempre, varias manchas de aceite. Antes de fregar los cacharros se puso a hacerse la *toilette*, que consistía en lavarse los ojos y las cejas (tenía caspa en las cejas), pasarse los dedos de la mano por entre el largo y mugriento pelo y lavar con jabón los cristales de las gafas, como culos de botella.

Estaba pensando si aquél sería un buen día para cepillarse los dientes, o no, cuando oyó que, al otro lado, la radio abandonaba la música de violines sarnosos y daba tres pitidos horarios, lo que significaba que iban a comenzar las noticias. No llegó a decidir nada acerca de su dentadura, que indudablemente seguiría tan amarillenta como siempre, porque lo dejó todo allí, junto al fregadero, y echó a correr hacia la tienda. Se metió en ella, sacó el transistor y se sentó con él en la silla plegable de la puerta. Sólo le interesaba una noticia, y esperó pacientemente, hurgándose la nariz, a que llegara. Entonces dejó en paz sus narices y se concentró en la voz del locutor.

> «—Oficialmente, siguen sin aclararse las circunstancias que rodean el triple asesinato de los empleados de La Protectora Universal, que como saben tuvo lugar en la madrugada y en la mañana de ayer. Las declaraciones de algunos de los compañeros de las víctimas indican, sin embargo, que, al parecer, los tres asesinados habrían preparado una broma de muy mal gusto el día anterior a uno de sus compañeros, en concreto a Onofre Carrizosa, cuyo paradero es, hasta el momento, desconocido. Según la versión general de los hechos, que todavía no ha podido ser comprobada por la policía, dicha broma, cargada de connotaciones morbosas relacionadas con temas de parapsicología, a los que Carrizosa es muy aficionado, pudo haber provocado una reacción inusitadamente violenta en este último, que siempre ha sido considerado como un hombre pacífico, e incluso apocado. Parece ser que hay dos testigos presenciales que involucran directamente a Onofre Carrizosa en el último de estos asesinatos, el del joven Mario Sanromán, producido en un pequeño almacén de la propia agencia de seguros.
>
> También se especula con la posibilidad de que

Carrizosa pertenezca a una extraña secta satánica, pues las tres armas utilizadas parecen ser idénticas: dagas rituales con ciertas inscripciones simbólicas en el mango. El hecho de que el asesino, en los tres casos, haya asestado su golpe mortal en uno de los ojos de su víctima, refuerza esta hipótesis.

Se puede decir que, en estos momentos, Onofre Carrizosa es el hombre más buscado por la policía.

En sucesivos informativos trataremos de ampliar esta noticia, que ha creado una gran expectación e inquietud en todo el país.»

«Cuti» apagó la radio. No quería oír más noticias. Se quedó largo rato sentado allí, reflexionando, meneando la cabeza de un lado para otro y sobándose concienzudamente su barba de dos semanas.

ONOFRE HABÍA ESTADO VAGANDO como un desaprensivo todo el día y toda la noche. Las ojeras, abultadas y violáceas, el pelo de las sienes sucio y revuelto, los ojos enrojecidos y nerviosos, huidizos, y la chaqueta arrugada, sudada y sin botones, le daban el aspecto de hombre desesperado. Parecido a esos individuos, solitarios transeúntes nocturnos, normalmente ebrios, que un aciago día han abandonado el hogar —o como quiera que se llamase aquello— y arrojado por la ventana todo lo sólido que hubiera en sus vidas. Sólo que en el caso de Onofre, en el caso de «Frito», con el penoso agravante de haber sido mero espectador pasivo de su propio drama, y con la sorprendente y desquiciante consecuencia de andar perseguido por ello.

Había intentado, lo primero de todo, meterse en casa de su madre; pero al ver a un par de individuos de aspecto chulesco apostados junto al portal había tenido que desistir de ello. Cayó entonces en la cuenta de que la policía no es tonta, o, al menos, no tan tonta como para dejar sin vigilancia su primer y más conocido refugio. Después de colegir —sin mucho esfuerzo, pero con mucho pesar— que su propia casa sería aún más inaccesible que la de su madre, ya se puso a dar vueltas por calles y plazas, y grandes almacenes y bares, sin rumbo fijo y con una angustia interior que le pesaba en los hombros más que si llevase a cuestas un saco repleto de toda la infamia del universo.

A eso de las ocho de la tarde se metió en una cabina y llamó a la radio y, en efecto, consiguió hablar con Federico García Rebolludo, lo que le reconfortó. Pero por poco tiempo, porque enseguida adivinó en sus profesionales inflexiones de voz un solapado interés por averiguar desde qué lugar exacto de la ciudad le telefoneaba, y por establecer una cita urgente con él aduciendo los más diversos y seductores propósitos: hablar tranquilamente de temas de psicofonía, presentarle en el programa como invitado estelar..., y otras atractivas artimañas. Onofre tuvo que colgar, porque para ese entonces ya había visto los telediarios de sucesivos bares y sabía que a su cabeza se le había puesto precio; y había hablado inclusive por teléfono con su angustiada madre, que le recomendaba fervientemente y por lo que más quisiera que se entregara a la policía y que allí se averiguaría todo. Pero si a algo temía Onofre en este mundo era a la policía. Siempre había imaginado a los interrogadores abofeteando y torturando a los supuestos asesinos para que firmasen sus confesiones. Había crecido con esa idea, y nadie se la pudo quitar jamás de la cabeza.

Así es que por ahí deambulaba el pobre Onofre, a las siete y media de aquella previsiblemente calurosa mañana, escondiéndose por los rincones, casi sin haber pegado ojo los dos últimos días, sin comer caliente por miedo a ser reconocido, y sin nadie a quien acudir. Cuando, de repente, al doblar una esquina, un nombre se le vino a la cabeza: ¡el «Cuti»! Aquel antiguo compañero de oficina, más joven que él, al que hacía más de tres años le habían dado la baja definitiva en la seguridad social por problemas psiquiátricos. Al recordarle, una luz de esperanza iluminó sus ojos. Desde que entró a trabajar en la compañía de seguros había sido su mejor amigo, el único con el que podía hablar largamente de su gran y mutua pasión, en la que, por cierto, el propio Onofre le introdujo. Extraterrestres, reencarnaciones, telequinesias, cartas astrales, brujería y todos los grandes enigmas del ser humano eran los temas que compartían fervientemente en las pausas para el desayuno y algunas tardes en que ambos acudían a una magnífica tertulia en el, ya convertido en banco, Café Floridita.

Pero después, el «Cuti» se enredó demasiado en serio con el espiritismo. Comenzó a hacer reuniones en su casa alrededor de una uija, y descubrió que tenía unas magníficas dotes como médium. Onofre asistió a las primeras de estas reuniones, y pronto le entró miedo. El vasito aquél recorría el tablero lleno de letras a una velocidad tal y con tanta energía, y sus respuestas eran tan increíblemente sorprendentes y premonitorias, que superaban con creces las dosis de misterio para las que se hallaba preparado el bueno de Onofre. Por si fuera poco, la última noche en la que participó, a un espíritu excesivamente inquieto y zumbón —que se identificó como Mondolfio— le pareció demasiado rollo eso de andar meneando el vasito de acá para allá, letra a letra, y decidió expresarse con su propia voz, sin más historias, a través del mismísimo «Cuti». Ver a su compañero de oficina con los ojos en blanco, echando espuma por la boca y hablando idiomas y latines con voz de ultratumba, le produjo a Onofre tal espanto que nunca más volvió a aceptar las invitaciones de su amigo Cutillas. Siguieron, claro, hablando a la salida del trabajo de sus temas comunes, pero mientras que el joven se iba obsesionando cada vez más con su insustancial amigo, el fantasma italiano y antiguo, y con los éxitos, cada vez mayores, de su comunicación astral, Onofre iba alejándose decididamente del camino que había tomado su compañero. Por si fuera poco, se hacía evidente que la salud física y mental de «Cuti» se resentía cada día más. Hasta el punto de que sus propios compañeros de trabajo llegaron a asustarse. Estaba chupado como una raspa de sardina y miraba silenciosamente a todos con aquellos ojos tan brillantes... También fue haciéndose más críptico su lenguaje, cuajado de frases en latín, y, en ocasiones, discutía violentamente con un ser invisible —«Mondo» le llamaba ya, porque le tenía confianza— que, al parecer, siempre le acompañaba. Ya ni el propio Onofre se atrevía a hablar a solas con él, pues alguna que otra vez que lo había intentado, tratando de poner un poco de sentido en la mente de su viejo amigo, se había visto incluido en complicados y filosóficos coloquios de tres personas —una de ellas en esencia—, en los que perdía el hilo de la conversación, y el resuello.

Hasta que un día Cutillas ya no fue más por la oficina.

Al cabo de una semana, don Fernando les explicó que le habían dado de baja por problemas «de nervios» y que le había quedado una pensión a perpetuidad, «no exorbitante pero sí digna, en consonancia con la grandeza de espíritu para con los fieles empleados de esta sólida y veterana empresa que es La Protectora Universal, en palabras de don Fernando. O sea, poco más de treinta mil pesetas al mes, además de una liquidación de setecientas mil. Una miseria para alguien que se había dejado las pestañas durante más de diecisiete años entre aquellas siniestras paredes.

Un día, pasado el tiempo, Onofre quiso saber algo de él. Se sentía mal con aquel viejo compañero y amigo. Pidió su dirección en secretaría, pues al parecer se había cambiado de piso —cosa fácil de imaginar, con el retiro que le había quedado—, pero no supieron darle razón. No constaba en sus fichas. Preguntó a todos los compañeros, y tampoco pudieron ayudarle. Sólo, al final, la gorda, Margarita Bejarano, llamándole aparte, y muy secretamente, le dio sus señas. Curiosamente, era la misma calle y el mismo número de siempre, con lo que Onofre pensó que no había nada que hacer.

—No, Margarita, hija. Ésa es la casa en la que vivía antes. Pero ya no vive ahí. Yo lo que quiero es la nueva dirección, ¿entiendes, guapa?

—¡Si es que sigue viviendo en esa casa, Onofre! ¡Pero... en el garaje!

Y allí fue a visitarle. Había comprado una plaza de garaje por dos millones y se había instalado en ella con su tienda de campaña, tan tranquilamente. Y, al parecer, con el contrato que había firmado, nadie podía, legalmente, echarle de allí. Aunque, naturalmente, los vecinos lo intentaron con todo tipo de medios. Pero si una cosa era el «Cuti», era cabezón. Como él solo. Y encima había estudiado dos años de derecho por la Universidad a Distancia.

Onofre alucinó al verle allí tan bien instalado, en su cámping privado, como si nunca en su vida hubiera vivido en otro sitio. Y aunque, la verdad, seguía tocado del ala, inquieto por las mil paradojas de la vida y diciendo cosas en latín, ya no se dedicaba a hablar con los espíritus ni a jugar con la uija.

—Mira, la idea de vivir aquí, en una tienda de campaña, fue de «Mondo».

—¿De quién?

—Sí, hombre, de Mondolfio, aquel espíritu renacentista amigo mío. Fue la última conversación que tuvimos antes de que me cosieran a pastillazos. Él, que aplicaba la razón a la fantasía más volátil del universo, me dio la clave. Fue mediante una maravillosa paradoja. Era ésta: «¿Quién es el hombre que hubiese resuelto su permanente búsqueda con sólo mirarse al espejo?» ¿Eh? ¿Quién puede ser?

—¿Me dices a mí?

—Sí, a ti, Onofre. ¿Quién es ese hombre que pudo haber encontrado lo que buscó a lo largo de toda su vida, con sólo mirarse en el espejo?

—Pues... no sé. Ni idea, «Cuti». ¿Es una adivinanza?

—A Mondolfio le gustaba ponerme a prueba. Me decía las cosas mediante enigmas que yo tenía que resolver. Y para comunicarse conmigo, primero tenía que resolver algún problema de éstos, porque era muy exigente seleccionando a sus interlocutores. Vamos, vamos. ¿No se te ocurre nada, Onofre? Imagínate que sabes que si das con la respuesta a ese enigma, encuentras la clave de la felicidad.

—Ya, «Cuti», pero es que así, de sopetón...

—¡Diógenes, amigo mío! ¡Diógenes el cínico! ¡Aquel

filósofo griego que buscaba a un hombre con su lámpara! ¿Lo ves? ¡Sólo hubiese necesitado un espejo! Semanas enteras estuve dándole vueltas a la cuestión, hasta que di con ella. Y ahí estaba la clave, porque, como sabes, Diógenes vivía en un tonel y decía que el hombre debe reducir al mínimo sus deseos y sus necesidades. ¡Una tienda de campaña! Eso es: Diógenes, el que buscaba a un hombre. A un auténtico hombre. Aquel que dio la mejor respuesta que se le puede dar a un emperador tan todopoderoso como Alejandro Magno, cuando éste fue a verle y le preguntó que si deseaba alguna cosa, y Diógenes le dijo eso de... «Sí, que te apartes un poco, que me quitas el sol».

—¡Jo, qué corte! Oye..., «Cuti», pero es que ¿has vuelto otra vez a tus sesiones de...?

—No, no, qué va. Tranquilo, hombre. Aquel día Mondolfio y yo nos despedimos para siempre.

Y AHORA, A LAS OCHO DE LA MAÑANA de ese terrible día de confusión, de amargura y de soledad, huyendo hacia ninguna parte, las calles del barrio que recorría Onofre, ya casi sin fuerzas para seguir, le trajeron a la mente aquella fugaz visita, dos años antes. El «Cuti» vivía en el garaje subterráneo de uno de aquellos edificios de apartamentos. En alguna de aquellas calles. ¿Pero en cuál? Y además... ¿Seguiría allí? ¿O habrían logrado echarle y ya nunca podría dar con él?

Anduvo dando vueltas, perdido, sin conseguir recordar la calle y el número exacto, pero impulsado por la certeza de que, si su viejo amigo el «Cuti» seguía viviendo allí, le escondería. Y por fin podría dormir.

En realidad, era su última esperanza.

6 *Una idea de locos*

—MIENTRAS dormías he estado reflexionando largamente, opus spissum et operosum, y he llegado a la conclusión de que ad arma conclamant —dijo el «Cuti» como si nada, pelando un melocotón en su silla plegable, junto a la puerta de la tienda.

—¿Qué?

Eran las nueve y media de la noche. Onofre, ojeroso y abotargado, como el que ha dormido larga y sobresaltadamente, sin conseguir descansar, se estaba comiendo, a su vez, un plátano dentro de la tienda. Sólo se le veía la cabeza y, naturalmente, medio plátano en la mano.

—Te digo que sólo tienes una posibilidad. Vamos a ver los datos que tenemos: por lo que me cuentas, y por lo que deduzco, tú eres el único sospechoso del crimen. Y no van a buscar, por el momento, a nadie más que a ti. Ergo, tu única posibilidad de salvación consiste en descubrir por ti mismo quién es o quiénes son las personas que se han cepillado a Ramírez y compañía. ¿Hai capito?

—Mira, «Cuti»... Yo, es que... he estado pensando algo espantoso —dijo Onofre, con una voz muy afectada—. Pero cada vez estoy más convencido de ello.

—¿Qué es lo que has estado pensando, Onofre?

—He pensado en que a lo mejor soy el único responsable de esas muertes tan crueles.

—¿Cómo dices?

—Sí, «Cuti». No sé si realmente anoche, después de aquello, estuve durmiendo o... tal vez... Sentí tanto odio al darme cuenta de que todo había sido una broma...

—Pero Onofre, hombre...

—Tú y yo sabemos que la mente humana, en determinados momentos, puede mover cosas a distancia, o crear extrañas fuerzas... A lo mejor, sin saberlo, la energía de mi mente ha provocado todos estos terribles acontecimientos. En mis sueños de venganza era todo tan real...

—Mira, Onofre —le interrumpió el «Cuti»—, es mejor que no sigas diciendo tonterías. ¿Qué pasa, que el asesino es un zombi que tú has fabricado con el poder de tu mente? No te creo capaz de eso, Onofre.

—No sé —Onofre se recompuso como mejor pudo—. Pero, en todo caso, es a mí a quien busca la policía. Y lo que sí es cierto es que te estoy metiendo en un buen lío... Esto es un delito de encubrimiento, ¿no? Yo ya he dormido, he comido, he podido hablar con un amigo... Y ya es hora de que...

—¡Tú te callas! Ya te he dicho que no te vas de aquí. Estás en casa de un amigo. Me estás distrayendo. Vamos a ver... ¿Qué es lo que te quería decir yo? Ah, sí. He tenido mucho tiempo para pensar, mientras dormías, y he llegado a la conclusión de que... la única solución que hay es... desenterrar la uija.

—¿Cómo? *¿Desenterrar la uija?* ¿Te has vuelto loco? ¿Quieres volver ahora con el tema del espiritismo? Mira, «Cuti», de verdad, eso sí que no. Yo me voy —y Onofre comenzó a incorporarse.

—¡Por favor, Onofre, escúchame un momento! —y

lo dijo con un tono de voz tan firme que el otro no tuvo más remedio que quedarse como estaba—. Sólo va a ser esta vez. Nada más. ¡Es necesario! ...¡Escúchame hasta el final, por favor, y verás cómo no estoy diciendo tonterías! Déjame hablar. ¿De acuerdo?

—Vale, vale; te escucho —accedió Onofre, sin ninguna gana.

—Yo... Yo tengo la maravillosa posibilidad de hablar con los espíritus, como bien sabes. ¡Por favor, Onofre, no te levantes! ¡Me lo has prometido! Bueno... Vamos a ver... ¿Quiénes son los únicos que saben la identidad del asesino? Te lo pregunto a ti. Vamos, piensa.

—Eh... Pues... No sé... El propio asesino, digo yo...

—Sí, ¿y quiénes más?

—Pues... No sé... Nadie más.

—¿Cómo que no? ¿Sabes quién más conoce la identidad del asesino?

—No. ¿La policía?

—¡No, hombre! ¿Te lo digo?

—¡Sí!

—Pues los que han sido asesinados. *Los muertos*. Bueno, excepto Mario, que estaba contigo y no se enteró de nada, según me has contado.

—...

—¿Sí o no?

—¡Sí! Pero y ¿qué? ¿Te vas a poner acaso a hablar con ellos, o mejor dicho, con sus espíritus, y les vas a preguntar quién los ha matado? No me hagas reír.

—Bueno, no exactamente. *Tú* se lo vas a preguntar. Yo sólo voy a hacer de médium, de correa de transmisión.

—Sí, claro, lo que tú digas. ¿Has terminado?

—Sí, ya he terminado.

—Estupendo, pues yo me largo —Onofre salió de la tienda. Estaba pálido.

—Como quieras. Son las nueve y media de la noche. Has estado metido en el saco de dormir diez horas, hemos estado hablando y, entre unas cosas y otras, se te ha echado el día encima. Ya prácticamente es de noche. ¿Adónde vas a ir? Con controles en los aeropuertos, en las estaciones...

—No sé... ¡No sé!

—Si es que es la única posibilidad que tienes —repuso el «Cuti»—. Mira, lo tengo todo estudiado —y le mostró unos papeles llenos de anotaciones—. Prepararemos la sesión para mañana, no se puede perder más tiempo. Además, he llegado a la conclusión de que para que haya suficiente energía, tenemos que ser por lo menos cinco. ¿Quieres que te diga quiénes vamos a ser?

—¡No!

El «Cuti» no le hizo caso y continuó como si nada.

—En primer lugar, tenemos a Herme.

—¿Herme? ¿Y quién narices es Herme?

—Sí, Hermenegildo, Herme, el portero de esta casa. Es muy amigo mío. Y le van mucho estas cosas. Parece un poco raro, pero ya verás..., tiene una fuerza mental increíble. Antes, siempre que podía se apuntaba a las sesiones de espiritismo que organizaba yo en el piso. Continuamente me está diciendo que cuando volvemos. Lo único es que tiene que meterle una bola a su mujer, porque no le deja ni respirar. Pero ya lo apañaremos. Mañana por la mañana hablo con él, y sin problemas. Ya somos, por el momento, tres.

—¿Tres?

—¿Pero es que no me has oído? Herme, tú y yo.

—Ya.

—Luego, he pensado que tendría que haber alguien

más de la oficina. Alguien que conociese a Ramírez y a José Ángel. Y alguien de confianza.

—¡Estás loco!

—¡Calla de una vez, que lo tengo todo calculado! Gente de confianza: Margarita Bejarano.

—¿Margarita, la gorda?

—Exactamente.

—Pero ¿qué dices?

—¡Y dale! Esa mujer, ahí donde la ves, sabe de estos temas más de lo que te puedes imaginar. ¿Por qué te crees que era ella la única que sabía dónde vivía yo?

—Ya. O sea, que tú y ella...

—Que no, que no es eso, Onofre. Si esa mujer bebe los vientos por ti, que lo sé yo. En estos años ha venido a verme en algunas ocasiones y ayer me llamó por teléfono para contarme lo de los asesinatos en la oficina. Estaba muy afectada, porque está absolutamente convencida de tu inocencia. Precisamente después de hablar con ella se me ocurrió esta idea.

—Menos mal que al menos alguien...

—Esa mujer, ahí donde la ves, lleva años yendo a a la consulta de una adivina, o algo así. Una de esas videntes raras... Nunca me quiso decir cómo se llamaba. En realidad, yo ya la he avisado, porque se ha hecho demasiado fanática del espiritismo. Misas negras y cosas de ésas con el demonio... Pero nos viene de perlas.

—¿Lo dices en serio? —Onofre no salía de su asombro.

—No te extrañes. Lo lleva muy en secreto.

—Entonces, ¿Margarita anda también...?

—Bueno, el caso es que ya somos cuatro.

—Eh, un momento, ¿cómo cuatro?

—¡Que sí, puñetas! Herme, Margarita, tú y yo. Ahora sólo me queda decirte la quinta persona. Te vas a sorprender.

—¿Quién?

—Tu madre.

—¿Mi madre? ¡Pero tú estás completamente loco, Santiago!

—Sí, tu madre. ¿Qué le pasa a tu madre? ¿Es que no iba a hacer lo que fuese por ayudar a su hijo?

—Pero hombre, por favor, si mi madre es una señora, pobrecita, que lo único que le gusta son los culebrones de la tele y hacer ganchillo. ¡No, eso sí que no! ¡No quiero que mezcles a...!

—¿Pero es que no entiendes, Onofre, que lo que necesitamos es una energía grupal que te proteja a ti de las fuerzas mesméricas incontroladas? Tu madre, Margarita y yo formamos un anillo de protección perfecto. No somos personas ajenas, indiferentes, dispersas. Formamos un bloque emocional claro y definido. ¿Lo entiendes?

—¡No entiendo nada! ¡Ni quiero entenderlo! Además, ¿es que no te das cuenta de que en cuanto me viesen, la mitad de ellos iba a salir corriendo a llamar a la policía?

—Sí, pero ya tengo pensado algo para ese problema. No es conveniente que te vea nadie. Ni siquiera Herme, ni Margarita. Podrían irse de la lengua, incluso sin pretenderlo. Y, además, tu madre se pondría demasiado nerviosa, incapaz de controlar su cuerpo astral, cosa que es absolutamente necesaria si queremos conectar con el periespíritu de esos dos.

—¿Lo ves? Tienes que olvidarte del asunto, «Cuti». O, en todo caso, si lo ves tan importante..., hacerlo vosotros sin mí —Onofre tomó aliento.

—No. He pensado en todo. La solución es que comparezcas encapuchado.

—*¿Encapuchado?* —Onofre no daba crédito a lo que oía.

—Sí. Y que no hables. Que no digas ni una sola palabra. Yo puedo decir que eres una especie de ayudante con poderes especiales —el «Cuti» se empezaba a emocionar—. O no, mejor incluso, un espíritu en semivida cuyo aspecto es tan espantoso que ningún ser humano podría ver su rostro sin morir. ¡Eso es! ¡Una especie de gólem espantoso, creado por mí para que nos dé fuerzas y nos guíe desde este plano físico al plano inmortal...! ¿Onofre? ¡Onofre! ¿Dónde estás? ¿Dónde te has metido?

Pero Onofre ya no estaba allí. En ese instante subía la rampa del garaje a todo correr, escapando de aquella encerrona. Llegó sudoroso hasta la puerta metálica de acceso de peatones, la abrió precipitadamente y salió a la calle como si escapase de las entrañas del averno. No quería volver a saber nada de el «Cuti» ni de sus elucubraciones mentales. Ese hombre no tenía solución. Seguiría igual de loco hasta que se muriese.

A paso rápido y sin dejar de mirar atrás, temeroso de que su desquiciado amigo le persiguiese, dobló la primera esquina que encontró. Tenía algunas ideas. En primer lugar, sacar dinero en algún cajero automático. Afortunadamente siempre llevaba consigo su tarjeta de crédito. Luego buscaría alguna pensión de esas en las que nunca te preguntan quién eres. Lo importante era encontrar un nuevo sitio donde pasar la noche. Y al día siguiente, viajar. Irse lejos de la ciudad.

Las calles estaban tranquilas, solitarias, como si todo el mundo se hubiese ido a cenar y a ver la película de la tele, y enseguida encontró un cajero automático, uno de esos que están en el interior del banco. Onofre sacó su tarjeta de la cartera, la introdujo por la ranura y la puerta se abrió con un sonido de chicharra. Entró y cerró tras de sí. Prefería esos cajeros a los de la calle, donde cualquiera que pase te puede poner una navaja en el cuello y, en unos segundos, limpiamente, soplarte el dinerito que acabas de sacar.

De pronto se sobresaltó. Pero enseguida pensó que no era para tanto. Había en el suelo un bulto, arrebujado entre mantas en una esquina, que apenas si se movió. Por el tamaño parecía una mujer, una de esas inofensivas vagabundas que duermen en la calle. Había encontrado un buen sitio para pasar la noche. Onofre, sin quitarle ojo, introdujo la tarjeta en la ranura del cajero e inmediatamente la ventanilla se abrió. Como siempre, en la pantalla, aparecieron en letras verdes las instrucciones. «Marque su número secreto». Cero, cero, cero, uno, tecleó Onofre, que era el número que él mismo había elegido. La pantalla, al reconocer la clave, presentó entonces el menú de opciones. «Consultar movimientos». «Ver saldo»... Onofre se fue directamente, como siempre, a marcar la única opción que utilizaba, en la casilla de abajo a la derecha: «Sacar dinero». Justamente cuando iba a oprimir el botón, se dio cuenta de que algo había cambiado. En lugar de «sacar dinero», allí ponía: «Volver con Cutillas». ¿Qué? ¡Imposible! La sangre se le agolpó a Onofre en la cabeza. Le empezaron a zumbar los oídos, se le doblaron las piernas. Y antes de que tuviera tiempo de hacer nada, la ventanilla protectora del cajero —zzzzzz— se cerró, con sus manos dentro.

—¡Noooo! —gritó Onofre, tratando en vano de sacar las manos de la pantalla. El bulto en el suelo parecía moverse. Sí. Muy levemente, pero algo se movía debajo de aquellas sucias mantas. Como una de esas blancuzcas y gordas mariposas de seda a punto de rasgar las paredes de su misterioso letargo. Onofre comenzó a convulsionarse. Se estaba despellejando las muñecas al intentar zafarse, descontroladamente, de aquella trampa electrónica. A través del panel de plástico transparente que le aprisionaba las manos, Onofre vio cómo la pantalla parpadeaba y aparecían nuevos mensajes en ella. No sabía si mirar a la pantalla o al bulto que seguía agitándose lentamente a su izquierda.

☆ ☆ ☆ ☆ ☆ ☆ ☆ ☆ ☆ ☆ ☆ ☆

LA VENGANZA SUFÍ LE INFORMA:

SANTIAGO CUTILLAS
ES SU ÚNICA OPCIÓN
¡VUELVA CON ÉL!

GRACIAS POR SU COLABORACIÓN

☆ ☆ ☆ ☆ ☆ ☆ ☆ ☆ ☆ ☆ ☆ ☆

—¡Sí, vuelvo con el «Cuti», se lo juro! ¡Vuelvo ahora mismo! ¡Pero, por favor..., déjeme irme de aquí!

Zzzzzzz ... La tapadera de protección se levantó y las manos de Onofre quedaron libres en ese mismo instante. De un salto, agarró el pomo metálico de la puerta de cristal y empujó con su voluminoso cuerpo para abrirla. Pero la puerta parecía atrancada. Forcejeó histéricamente con el picaporte mientras sentía como si una extraña vibración le acariciase el cuello por detrás. Los pelillos del cogote se le erizaron. Dio empellones y patadas a la puerta, pero no había manera. Algo espantoso y delicado, como unos labios de hielo, le susurraron al oído: «Yaaa, mi niñoooo, yaaaaa».

La puerta se abrió por fin y Onofre corrió, corrió, despavorido.

7 *Mondolfio, el exigente*

—TÚ quédate aquí, y atento —dijo el «Cuti» rebosante de energía—. Cuando yo te avise con un silbido, subes la rampa a todo correr. ¡Y que no te vea nadie! Yo tendré ya un taxi preparado en la puerta del garaje.

El «Cuti» enfiló hacia la calle con toda naturalidad. Iba vestido con el más nuevecito de sus chándales, de esos suyos de algodón made in Portugal, y llevaba bajo el brazo su viejo tablero de madera envuelto con mucho cuidado en papel de periódico y una bolsa de plástico con algo que Onofre no llegó a ver.

Fuera debía de estar anocheciendo. Mientras esperaba inquieto el silbido de su amigo, Onofre, deprimido como jamás lo había estado en su vida, intentaba poner en claro sus turbios y deslabazados pensamientos. Le habían obligado a permanecer con el «Cuti». ¿Quién? ¿Quién era «la venganza sufí». Aquel nombre le sonaba a broma, parecía sacado de un chiste, uno de esos chistes a los que tan aficionados eran José Ángel y Ramírez. «La venganza sufí». ¡Era algo de locos! Y para colmo se veía forzado a asistir a aquella ridícula, o mejor dicho, apabullante sesión de espiritismo. Aquello le daba pavor. ¿Y si de verdad aparecían las almas de José Ángel y de Ramírez? Bueno, al menos, allí se encontraría con su madre. Su querida madre. Eso sí que le animaba.

No, no le había contado nada al «Cuti» acerca de la verdadera causa de su repentino retorno al garaje. Le había dicho que había reflexionado y que, en efecto, él tenía razón, que había que intentarlo a su manera. Contarle la verdad sería como echar gasolina al fuego. Volver todavía más loco al pobre Santiago que, Onofre lo intuía, nada había tenido que ver con el asunto del cajero automático. Era un loco demasiado transparente como para andar metido en conjuras y secretos aberrantes, o en bromas macabras, sin que algo en él lo delatase.

¿Tanto se tardaba en encontrar un taxi? Onofre, a pesar de todo, tenía ya ganas de salir de aquel oscuro subterráneo. Su macilento cuerpo y sus ojeras denotaban que apenas si había dormido aquella noche en la estrecha tienda del «Cuti» y después había pasado todo el día muy intranquilo, allá abajo, durmiendo y despertándose sobresaltado a cada rato con la obsesión de tener las manos empapadas en sangre inocente. Pensaba a veces que se había vuelto loco y que, incapaz de controlar sus pensamientos, realizaba con su mente todos aquellos extraños sucesos. Tal vez se movía en mundos paralelos, sin apenas conexión entre sí, y en ese desquiciante universo de los sueños se producían acontecimientos que su mente racional desconocía. Él asesinaba violentamente, o tal vez en sus pesadillas había echo un pacto secreto con unos espíritus asesinos que ahora le pedían cuentas a cambio.

Por si fuera poco, aquel largo día lo había pasado sobresaltado por cualquier ruido que anunciase la presencia de alguno de los vecinos en el garaje. El portero, Hermenegildo, había bajado a hablar con el «Cuti», pero éste se lo había llevado de allí, con grandes dosis de misterio, a tomar un café al bar de enfrente. Al parecer, según le refirió luego su amigo, le había contado su proyecto de invocar a los espíritus esa misma noche y Herme estaba encantado de participar, como en los viejos tiempos. Cutillas había hablado por teléfono también, y varias veces a lo largo del día, con Margarita Bejarano. A Margarita le había parecido una idea perfecta y se había encargado de organizarlo todo, enormemente interesada. En muy poco tiempo lo había solucionado: la sesión se haría a las diez de la noche en la buhardilla de una amiga suya, que solía estar vacía. Era un lugar muy seguro. Luego, por mucho que Onofre intentó hacerle desistir de la idea, Santiago había telefoneado a la madre de su amigo y la había convencido —«sin ningún problema», como dijo el «Cuti» al volver de hablar con ella— de que había que hacer algo para ayudar a su hijo. A las diez estaría puntual e infinitamente agradecida en casa de la amiga de Margarita, calle Maguncia, 45.

Por fin se oyeron un par de silbidos y Onofre corrió toda la rampa arriba, resoplando, hacia la entrada del garaje. Salió por la puerta de peatones y se encontró, efectivamente, con un taxi. El «Cuti» estaba dentro, con la puerta abierta, y le hacía señales urgentes de que se diese prisa. Onofre obedeció y el taxi arrancó enseguida.

—¡Agacha la cabeza! ¡Que no te vea el taxista! —dijo Cutillas en voz baja, aunque el taxi era de esos que llevan un cristal de protección entre el conductor y los pasajeros. Luego se puso a mirar nervioso por las ventanillas—. No sé por qué, pero me da la sensación de que hoy hay algo extraño en el ambiente.

—¿Dónde me dijo? —preguntó el taxista, un hombre joven de pelo largo y con la cara picada de viruela.

—A la calle Maguncia.

—¿Número?

—Ya le indicaré cuando lleguemos.

—Oye, y Herme, ¿no viene? —susurró Onofre mirando al enmoquetado suelo del taxi.

—No. Él irá luego por su cuenta. Le está contando una historia a su mujer, para poder venir.

—¿Por dónde quiere que vayamos? —inquirió de nuevo el taxista.

—Por donde sea más corto —respondió el «Cuti»—. O si no, mejor —corrigió enseguida—, por donde haya menos atascos, por favor. No importa que el recorrido sea un poco más largo.

Sí, era mejor. Era preferible no exponerse a ir por el centro y que alguien pudiese reconocer a Onofre en un semáforo.

—Vaya una historia la de los asesinatos, ¿verdad? ¡Y ya van cinco! —comentó el conductor. Algunos taxistas se aburren mucho si no hablan.

—¿A qué se refiere? —contestó el «Cuti» con la voz más opaca que pudo.

—¿No han oído la radio? Parece ser que han descubierto en Toledo a otros dos muertos de la misma manera que los tres oficinistas de ayer. ¿No se han enterado?

—No estamos demasiado al tanto de las noticias —repuso el «Cuti» disimulando su interés. Onofre dejó de respirar para no perderse una palabra de lo que decía el taxista.

—Pues ya ve. Parece ser que hay una nueva secta secreta de ésas, de locos, en la que debe de haber metida mucha gente. Es increíble. ¿Y hasta ahora no lo sabía nadie? Yo eso no me lo puedo creer. Si el gobierno y los que controlan la situación no se enteran de lo que pasa en el país, entonces, ¿en manos de quién estamos? ¡Vamos, digo yo!

—Sí, sí. Tiene usted toda la razón —afirmó el «Cuti» obligado por la pausa que había hecho el taxista.

—En fin, el caso es que coincide que todos los muertos eran personas que habían hecho alguna broma, o que se habían reído de la gente aficionada a la parapsicología. ¡A lo mejor es que se ha puesto de moda la caza del bromista! Y ahora ya están diciendo, no sé en qué emisora..., que en un pueblo de Valencia ha habido otro asesinato igual, también con un puñal con inscripciones clavado en un ojo. Pero eso todavía no lo han confirmado. Lo que yo digo: este mundo es un manicomio, y van a acabar por encerrarnos a todos.

—¿Y se sospecha de alguien? —preguntó Onofre sin levantar la cabeza.

—Bueno, los asesinos son más o menos conocidos. Onofre, el oficinista, es uno. El de los otros dos se llama algo así como... No me acuerdo ya... Pero los entendidos dicen que en el momento de cargarse a sus víctimas estaban poseídos por unos espíritus, y que cuando asesinaban estaban en trance, sin su propia voluntad. ¡Yo qué sé! ¡Ahora se cuentan tantas cosas! Los periodistas ahora es cuando se forran.

—No dicen más que tonterías —cortó el «Cuti».

Pero la angustia de Onofre no cabía ya en su cuerpo. Se tapó la cara con las manos y se puso a sollozar.

—¡Lo sabía! ¡Lo sabía! —mascullaba lastimosamente Onofre, que, no obstante, recibió varios codazos en el riñón izquierdo por parte del «Cuti» para que se callara.

—Oiga, ¿por qué no se desvía un poco para salir de estas calles? —intervino Cutillas para distraer la atención del conductor. Estaban parados a las puertas de un cine, y el tráfico era bastante denso—. Es que, ¿sabe?, tenemos un poco de prisa.

El taxista se volvió hacia ellos.

—Oiga, yo estoy haciendo lo que puedo... De todas formas...

Y entonces, ante los atónitos ojos del «Cuti», las facciones del taxista comenzaron a transformarse en otras mucho más grandes y nebulosas. El mentón y las mejillas se cubrieron de repente de una barba cana, la nariz se hinchó ostensiblemente, las cejas se hicieron más gruesas y grises, la frente se arrugó, los ojos empequeñecieron hasta quedar reducidos casi a dos brillantes puntos, como dos diamantes, y la boca se torció en una de las sonrisas más irónicas y perversas del universo.

—«Sanctus Yago —dijo taladrándole con la mirada. Era su voz como un susurro ronco, como si el aire que impulsaba las palabras procediese de un enorme fuelle oxidado—. Sant Yago. Porque nunca has sido más santo que ahora, ¿verdad? Bienaventurados los que tienen hambre y sed de justicia...»

Cutillas dio un salto sobre su asiento, alucinado.

—¿Quién es? —dijo tomando aliento—. ¿Es usted Mondolfio?

—«Cesare Mondolfio di Mantua, para servirte..., pero sólo cuando te lo hayas merecido. ¿O es que ya no recuerdas mis sanas costumbres, maldita sea?»

—Sssí. Pero... pero yo no le había llamado todavía...

—«È vero. Pero me ibas a llamar esta noche, ¿non è certo?»

—Sí, es cierto... Es que... éste es un caso de vida o muerte y yo había pensado que por una vez...

—«La vida y la muerte son dos estupideces, mio caro amico. E inoltre, da tanto tempo che non ci vediamo... [1]

---

[1] «Y, además, hace tanto tiempo que no nos vemos».

O, al menos, que no te veo yo a ti... —las facciones del ahora avejentado taxista se expandieron enormemente en una gran sonrisa, mucho más allá de su rostro, como si flotasen solas en el aire—. Tal vez te podría ayudar, pero... Y el caso es que andan por ahí, medio despistados, un par de "spiriti spiritosi", ja, ja, ja..., o tal vez mejor en castellano, que aunque menos sonoro es más expresivo, "espíritus gamberrillos", que llevan poco tiempo por estos lugares...»

—¡Sí, con ellos querríamos hablar, por favor!

—«Difficile. Andan muy dispersos y hará falta mucha energía para que comparezcan ante vosotros. Ya se sabe, los primeros siglos uno está un poco desorientado por aquí.»

—Pero usted..., perdón...Vos podéis ayudarnos, Mondolfio...

—«Non lo so. Me estás decepcionando, querido Santyago. A mí no se me puede meter prisas. Ya sabías cuáles eran mis requisitos... Siempre he dicho que para conversar conmigo hay que merecerlo. En vida, muchas veces tuve que transigir; pero ahora..., desde hace casi cinco siglos..., ¡que nadie ose llevarme la contraria!»

—Señor, yo...

—«Ahí, en el asiento, a tu izquierda, hay un libro. En la página doscientas noventa y tres se narra una hermosa historia, real como la vida misma. Lee y reflexiona. Estaré dispuesto a comparecer ante ti sólo cuando se haya abierto esa puerta... con esa llave.»

El atasco de coches se había deshecho hacía rato. Por detrás del taxi sonaban multitud de bocinas desesperadas.

—¡Pero, Mondolfio, os lo suplico...! ¡No hay tiempo!

—«¿Que no hay tiempo? Che grandissima verità hai detto! Il tempo non c'è.» [2]

Cuando aún no había terminado de decir esto, el proceso comenzó a invertirse. La frente y uno de los ojos, que ya casi flotaban por fuera de la ventanilla del conductor, se recogieron hacia dentro; la barba y todo lo demás se esfumó como una nube bajo el sol, y debajo apareció la firme y picada piel del taxista que, sorprendido por los bocinazos, dejó a medias lo que originariamente había empezado a decir:

—... De todas formas... teníamos que pasar por esta calle a la fuerza y... ¡Pero bueno! ¿Qué ha pasado aquí? —miró hacia todos lados y luego se volvió y arrancó precipitadamente. Tenía toda la calle libre—. ¡Es increíble! Debe de haber un guardia allí en el cruce que lo está haciendo divinamente. ¡Y eso sí que es raro!

El «Cuti» tenía en la mano un viejo libro, del tamaño de un breviario, y lo miraba apesadumbrado.

—Oiga, taxista —dijo—. Se nos ha olvidado una cosa. Tenemos que regresar.

—¿Dar la vuelta? ¿Están seguros?

—Sí. Volver al sitio donde nos ha cogido.

—Pues vaya gracia. Ahora que habíamos pasado lo peor...

Onofre tenía la cabeza agarrada entre las manos, sumido en sus más negros pensamientos, y se bamboleaba de un lado a otro como si se hubiese transpuesto de tanto mirar el aburrido suelo del automóvil. El taxi giró bruscamente y comenzó a desandar el camino.

—¿Eh? ¿Qué pasa ahora? —dijo Onofre sobresaltado.

---

[2] «¡Qué gran verdad has dicho! El tiempo no existe.»

—Nada. Que estamos dando la vuelta. Tenemos que volver a casa. ¡Maldita sea!

—¿A casa? Pues... no sabes cuánto me alegro. No me siento bien.

—No te preocupes, Onofre. ¡Y deja de darle vueltas a tu maldita culpabilidad! Ya has oído a Mondolfio. Hay que hacer las cosas como a él le gustan.

—¡«Cuti», por favor, no empieces otra vez con tus cosas raras!

—Pero... —Santiago le miró alarmado—. ¿Es que acaso no has visto a Mondolfio en la cara del taxista? ¿No has oído lo que nos ha dicho?

—¿Que si he visto a quién? Pero ¿qué dices, «Cuti», por favor?

—¿No te has enterado de nada? ¡No puede ser! ¡Si ha estado aquí, hablándonos!

Onofre le vio muy excitado.

—Lo que tú quieras, «Cuti»... ¡Pero no te pongas nervioso!

—¡Mira! ¡Mira lo que nos ha dejado! —y le mostró el libro, muy irritado—. ¡Tenemos que resolver primero un enigma que hay en la página doscientas noventa y tres! ¡Por eso nos volvemos! ¡Sin la respuesta a ese problema, no hay nada que hacer!

¡Menuda empanada! Estaba volviendo a desquiciarse, como en otros tiempos. Lo que faltaba. Era demasiada tensión también para el pobre Cutillas, pensó Onofre. Para él, acababa de sacar el libro de su bolsa de plástico y se estaba montando una historia delirante. Pero, ya metidos en harina, qué más daba. ¿Acaso no era delirante todo lo que estaba sucediendo a su alrededor desde hacía tres días...?

—Sí, sí. Tienes toda la razón. Nos vamos a casa y... ya está. Mucho mejor.

—No, si la culpa es mía —se decía a sí mismo el «Cuti»—. Si me hubiera comunicado antes con Mondolfio...

—Lo único..., mi pobre madre, que estará... —Onofre miró su reloj con preocupación—. Ya son casi las diez. Y mi madre, con lo nerviosa que es...

—Bueno, tranquilo. Ahora los llamamos por teléfono y ya está. Hay que suspenderlo todo, por el momento. Habrá que ponerse a darle vueltas al dichoso problemita —dijo señalando el libro. Y lo metió en la bolsa de plástico.

—Y... ¿se tarda mucho? —inquirió Onofre con aprensión.

—¿Y yo qué sé? Es imposible saberlo. Depende...

—No, no, si yo... no tengo ninguna prisa. Por mí... Lo decía por mi madre, la pobre...

—Aunque..., espera... Ya sé lo que dices. ¡Podría ser!

—¿Lo que digo?

—¿Tú quieres decir que por qué no lo intentamos sin que intervenga Mondolfio? ¿Tratando de invocar directamente a Ramírez o a José Ángel? ¿O tal vez mediante cualquier otro espíritu que aparezca...?

—Oye, «Cuti», que yo no he dicho nada de eso. Que yo...

—Oiga, taxista —dijo rápidamente Santiago levantando la voz hacia la rejilla de metacrilato—. Perdone, pero... Es que hemos pensado que no va a ser necesario que volvamos.

—¿Cómo?

—Que dé la vuelta otra vez. Vamos a donde le dije al principio, a la calle Maguncia.

—¿Otra vez?

—Sí, por favor. Y perdone, pero es que...

—¡Pues vaya! Voy a acabar por marearme, de tanto

dar vueltas. ¡Esto no es serio, hombre! —protestó el taxista. Pero, aunque continuaba rezongando, volvió a dar otro volantazo y giró ciento ochenta grados.

—Oye, «Cuti», pero ¿qué pasa? Nos vas a volver locos al taxista y a mí. Por favor...

—¡Vamos a intentarlo! ¿Por qué no? ¡Podemos invocar a cualquier otro espíritu! ¿No?

—Yo qué sé... Yo creo que sería mejor...

—¡Es que no tenemos tiempo! Y a lo mejor el enigma que nos ha puesto éste tardamos semanas en resolverlo. O meses. O es imposible de resolver, que también puede suceder. Después de tanto tiempo, a lo mejor Mondolfio está picado conmigo y se ha puesto demasiado exigente... ¡No sabes tú cómo son los espíritus! —y repitió sentencioso, como hablando consigo mismo—: ¡No sabes tú cómo son los espíritus!

En ese momento, el taxi, a una velocidad absolutamente inadecuada, derrapó en una curva. Chirriaron las ruedas estrepitosamente.

—¡No sé qué le pasa al coche! —gritó el taxista—. ¡No puedo controlarlo!

En efecto, el volante parecía girar por sí solo, a pesar de los esfuerzos del conductor por hacerse con él.

—¡Se debe de haber bloqueado la dirección! ¡No me obedece! ¡¡Agárrenseeee!!

El taxi se desvió hacia la acera. Subió el encintado como una exhalación y derribó a su paso varias mesas y sillas de la terraza de un bar, que afortunadamente estaban vacías. Luego golpeó con la rueda de la derecha contra un banco y salió despedido, a punto de volcar de lado. Pero, en lugar de eso, se quedó sobre dos ruedas. Recorrió así más de cincuenta metros, haciendo acrobacias sobre las dos ruedas de la izquierda, con Onofre prácticamente empotrado en su amigo Cutillas, hasta que algún otro obstáculo hizo que el precario equilibrio se rompiese... hacia el lado peor. El coche se puso patas arriba y se deslizó sobre la chapa de su techo otros treinta metros, echando chispas por todas partes y con los pasajeros desparramados por el interior, hasta que una cabina de teléfonos hizo de tope final de aquella desenfrenada carrera.

Tras el estruendoso ruido de cristalería y el caos de aluminios retorcidos, una pierna emergió de una de las ventanillas traseras. El «Cuti» salió a duras penas del humeante coche, y luego ayudó a salir a su amigo Onofre, que sangraba un poco por la boca.

—¿Estás bien?

—No sé. ¿Qué ha pasado?

Algunos curiosos se acercaron corriendo a auxiliarlos. Sacaron al taxista, que no se sabía si había salido ileso del accidente, porque hablaba solo en voz baja y estaba lleno de magulladuras. Lo cierto era que, por fortuna, cuando el coche chocó frontalmente contra la cabina ya no llevaba demasiada velocidad.

—No saben ni lo que quieren —decía el taxista tumbado en el suelo, sin dirigirse especialmente a nadie—. Primero que si a la calle Mandingo, o como se llame esa calle; luego que dé la vuelta... Luego, ¡otra vez a la calle Mandingo!

El «Cuti» se le acercó.

—¿Está usted bien?

—... No se puede estar diciéndole a uno una cosa y luego la otra... —seguía argumentándole a nadie el taxista, como si ya se viese en un hipotético juicio, declarando ante el juez. En ese momento el «Cuti» vio cómo al taxista le volvía a salir, mucho más rápidamente que antes, una barba canosa y cómo las narices se le engordaban, al tiempo que una flotante sonrisa maligna, infinitamente sardónica, se dibujaba fugazmente por encima de sus labios.

—«¡No sabes tú cómo son los espíritus!» —susurró con su extraña voz carcomida y rasposa el alma de Mondolfio, e inmediatamente soltó una carcajada espantosa—. «Y ya va siendo hora de que lo sepas, de una vez por todas, mio caro amico Sanct Yago. ¡No pretendas engañarnos!»

Santiago Cutillas, aterrorizado, no pudo evitar imaginar que la mano del taxista se lanzaba rabiosa hacia su cuello y le atenazaba la garganta. El «Cuti» retrocedió intentando desembarazarse de aquella especie de garfio invisible que le asfixiaba. Dio unos torpes pasos hacia atrás, hasta que salió, sudando, retorciéndose y dándose frenéticos golpes en el cuello, más allá del corro de curiosos, que le miraban más asombrados que nunca. La mano no soltaba su presa, a pesar de que el taxista seguía allá abajo, en el suelo, diciendo sus particulares incoherencias.

—Pues a este muchacho aún le ha dado más fuerte —sentenció una señora mirando alternativamente al taxista y al «Cuti».

—Hay que llamar a una ambulancia —dijo otro.

Onofre, que hasta ese momento había procurado desviar de él todas las atenciones, se acercó corriendo a su amigo, que luchaba a muerte con aquella supuesta mano asesina. La gente los miraba sin saber cómo reaccionar.

—¡Por Dios! ¿Qué te pasa, Santiago?

—¡Arrrgggfffff...! —fue su única respuesta.

Muy a lo lejos comenzó a oírse la sirena de un coche de policía. Alguien desde un bar había notificado el accidente.

—¡Santiago, por favor! ¡Que estoy perdido! —exclamó

Onofre agitándole por los hombros—. ¡Vámonos de aquí!

El «Cuti» se hizo cargo, aun en tan desesperada situación, y se puso a tirar de aquella «cosa» en la garganta con todas sus fuerzas. Ya estaba rojo, casi morado, a punto de caer rodando al suelo, cuando, súbitamente, sus brazos se dispararon al unísono hacia fuera. Parecía como si, por fin, tras un supremo esfuerzo, se hubiese librado de la hipotética garra. Luego tomó con ansias una gran bocanada de aire y se quedó allí, con las manos en las rodillas, extenuado, tratando de recuperar el aliento.

—¡«Cuti»! —suplicó Onofre.

—Ya... Ya, estoy bien... —respondió con voz ronca y entrecortada su amigo frotándose el cuello. Luego miró a todos los presentes, casi como si acabase de llegar, y súbitamente exclamó—: ¡Corre! ¡Vámonos de aquí!

Y, sin mediar una palabra más, echaron bruscamente a correr ante el asombro renovado de los presentes. Sólo que antes de haber dado diez zancadas, el «Cuti» se detuvo en seco.

—¡La uija! ¡El libro!

Y antes de terminar de decirlo, ya se había vuelto corriendo hacia el grupo de curiosos, que seguía todas estas acciones callada y atentamente, como si estuviese asistiendo a una emocionante función de teatro callejero.

El «Cuti» llegó al coche volcado, se tiró al suelo, metió la cabeza por la ventanilla de atrás, rebuscó unos instantes y por fin sacó la bolsa y el paquete envuelto en papel de periódico. Miró dentro de la bolsa para comprobar que seguía allí el libro y, después de sonreír beatíficamente a todos los presentes, como disculpándose, salió flechado detrás de Onofre, que ya le llevaba algo de ventaja.

Dieron la vuelta a la esquina como si los persiguiese un fantasma —nunca mejor dicho—, y un momento antes de que el coche de la policía municipal llegase a levantar acta de todo lo que había sucedido.

—Oiga, ahora que lo pienso... —saltó la señora de antes dirigiéndose a un joven—, ¿no era el calvo muy parecido al oficinista ése de los tres primeros asesinatos?

Y enseguida se armó un gran revuelo entre la concurrencia, porque todo el mundo asintió despavorido: «¡Sí, era él!».

Fue una especie de pánico con carácter retroactivo. ¡Acababan de estar al lado de un auténtico sádico asesino!

8 *La fiesta de los mecheros*

CORRIERON hasta que las fuerzas los abandonaron —a Onofre principalmente—, o sea, unos doscientos cincuenta metros. No pasaba un solo taxi por aquellas calles.

—¡Creo que me han reconocido! —dijo por fin Onofre, casi sin aire en los pulmones—. ¡Había una señora que no me quitaba el ojo de encima! ¡Tendremos a la policía encima en unos momentos!

—¡Maldito Mondolfio! —fue lo que le contestó el «Cuti», resoplando también—. ¡Nos la ha jugado! ¿Tú has visto cómo se ha puesto? ¡Han sido los celos!

—¿Quién? ¿El taxista?

—¡No! ¡Que no te enteras de nada, puñetas! ¡El espíritu de Mondolfio!

—Claro, claro... —musitó Onofre con la respiración entrecortada—. ¿Y ahora qué vamos a hacer? ¿Adónde vamos?

—A cualquier sitio donde podamos ponernos a descifrar el enigma éste. Eso es lo primero.

—Pero..., «Cuti»...

—¿Es que no me has oído? —saltó Cutillas con un repentino ataque de ira—. ¿O te crees que no sé a qué estamos jugando? ¡Estamos entre la espada y la pared!

¡Y no tengo ganas de morir a manos de cualquiera que pase encarnado en Mondolfio!

Las sirenas de varios coches de policía comenzaron a ulular unas calles más allá.

—¡Te digo que me han pillado, «Cuti»! ¡Saben que ando por aquí!

—¡Nos han pillado a los dos! ¡A ti aquí abajo, y a mí allá arriba! ¡Maldita sea!

—«Cuti», te lo suplico... ¡No me digas cosas raras!

—Vamos a entrar ahí —dijo repentinamente el «Cuti» cruzando la calle y dirigiéndose hacia una especie de *pub* cuyo nombre, en un luminoso azul que imitaba los carteles de las autopistas, decía: «N-XIV». La puerta, además de rodeada de motos, estaba atiborrada de gente joven esperando el acceso al paraíso.

—¿Ahí?

Había un tipo en la entrada seleccionando al personal. Era un guapo como de dos metros de altura, y los tenía a todos a raya.

—¿Qué pasa? —dijo muy chulo cuando el «Cuti» chocó contra su pechera. Allá abajo, con su chándal rosa «made in Portugal», el hombrecito elevó la vista hacia la parte superior del obstáculo.

—Nada, que queremos entrar.

—Está lleno. No se puede pasar —decidió el fornido portero, y casi al mismo tiempo se apartaba un poco para dejar el paso libre a dos tíos con chaquetas de cuero negro—. Hola, qué hay —les dijo.

—Aaah, Mondolfio, sei tu! —exclamó entonces el «Cuti» protegiéndose un poco la cara con las manos, y con la mirada temblona pero intensamente volcada hacia su potente interlocutor—. Prego, siamo amici! ¡No queríamos engañarte, te lo juro! Y para que veas, ahora mismo vamos a ponernos a resolver el enigma. ¡Mira..., página doscientas noventa y una! —y sacó el viejo libro de la bolsa y se lo mostró al portero.

—¿Cómo?

—¡Perdón! ¡En la doscientas noventa y tres, quería decir! Scusi, signore Mondolfio!

El portero miró al nutrido grupo de los suplicantes con cierta desesperación, como si alguno de ellos pudiera contribuir a indicarle alguna pista acerca de algo que le sirviera para comprender mínimamente el embolado que tenía delante de sí; pero todos estaban callados, tan atónitos como él.

—Pero... ¿quién narices es Mondolfio? —saltó el portero, y al ver que ante esa pregunta el «Cuti» se sonreía con todos los dientes, como un chaval que acaba de oír un chiste verde, miró a Onofre, que estaba allí, detrás de su amigo, más callado que un muerto.

—¿Mondolfio? —respondió Onofre tragando saliva en medio de la máxima expectación—. Pues... el padre del dueño. Bueno..., ése es su nombre de guerra, ¿no?

—¡Ah, hombre! —reaccionó inmediatamente el portero—. Haberlo dicho desde el principio. ¿«El Mondolfio»? ¡Venga, pasad! —y les abrió la puerta como si estuviera enterado de todo, o al menos de lo esencial; no fuera a ser que acabase metiendo la pata con aquellos dos tipos tan raros.

El «Cuti» le hizo una especie de reverencia, siempre mostrándole el libro y haciendo cosas raras con los ojos, y se metió rápidamente detrás de Onofre, como si temiese por su cuello. Aunque nada más entrar, el cacharrazo de humanidad concentrada y de calor que recibieron en pleno rostro estuvo a punto de volver a lanzarlos para fuera.

—¡Qué canalla! —gritó el «Cuti» más pálido que de costumbre—. ¿Has visto? ¡Nos está vigilando!

—¿Quééé?

La música era un martillo pilón en los parietales. El humo lo inundaba todo, y el aire acondicionado no daba abasto.

Intentaron pasar más adentro, pero había tal cantidad de gente allí, de pie, la mayoría con chaquetas de cuero y cara de pocos amigos, que no pudieron avanzar ni dos metros hacia el interior. Así es que el «Cuti» no se lo pensó más, dejó el paquete con la uija en el suelo y se metió las asas de la bolsa de plástico en la muñeca.

—¡Venga! ¡No hay tiempo que perder! —volvió a decir a voces abriendo el libro y poniéndose a pasar páginas—. ¡Aquí mismo!

—Pero... ¿ahora qué quieres hacer? —gritó a su vez Onofre.

En ese momento, la puerta se abrió a sus espaldas y entró un grupo de cuatro chicas dispuestas a comerse la noche. Saludaron a voces a alguien que estaba junto a la barra, e inmediatamente se dispusieron a reunirse con él; o sea, simplemente avanzaron de frente, sin ningún tipo de contemplaciones.

—¡Mi libro! —gritó el «Cuti» tratando de detener el despiadado empuje de las chicas—. ¡Me han tirado el libro!

—¿Qué pasa? —dijo Onofre, llevado en volandas unos metros más allá, al ver que su amigo se revolvía como un cosaco tratando de abrirse un hueco entre los pies. Luego le vio desaparecer allá abajo, como si se hubiese puesto a bucear. Pero nada más. Porque, sin comerlo ni beberlo, las cuatro chicas le habían plantado ante aquel amigo que las requería, un enorme muchacho, alegre y pizpireto, con el pelo pringado de brillantina, que se empeñó en abrazar a una de ellas sin caer en la cuenta de que nuestro pobre sádico asesino pillaba en medio.

—¡Hola, tía buena! ¡Ya era hora! ¿No?

—¡Oiga, por favor...! ¡Cuidado con mi chaqueta!

—¡Tú, qué pasa, tío cachondo! ¿Has venido aquí al mogollón, a ver si puedes meter mano?

—¡Oiga, que a mí me han traído...!

—¡Venga! ¡Lárgate de aquí!

Y una tanda de empujones y de rodillazos a diestro y siniestro le sacaron de aquella espiral de sana amistad en la que él, a todas luces, sobraba. Como bote a la deriva quedó, entre cogotes sudados y codos de cuero.

—¡Eeeeh! —un energuménico grito a sus espaldas le hizo volverse con no pocas dificultades. De entre todas las cabezas surgía una mano que sujetaba (o más bien aferraba) un libro. Era el «Cuti».

—¡Ya lo tengo! ¡Vamos hacia allá, al fondo, que parece que hay algo más de sitio! —le dijo a voces cuando llegó a su lado. Y sin decir una palabra más, se lanzaron a la agónica aventura de viajar diez o doce metros más allá. El «Cuti» había aprendido rápido el sistema. Se trataba de no pedir permiso ni disculpas. Era una simple cuestión de fuerza y de ganas de estar lo más lejos posible de la entrada.

Y, siempre con el libro en alto, como una estatua de la libertad zurda, y con su uija bajo el brazo, el «Cuti» condujo a Onofre hacia un espacio próximo a los servicios. Aunque había muy poca luz, la música no atronaba tanto allí (si uno era optimista) y, al menos, sólo había el ajetreo irregular de los y las que deseaban dejar la vejiga libre para las siguientes cervezas. Onofre lo que no quería era dejar desatendida la zona de la puerta, a la que echaba de vez en cuando un vistazo lleno de inquietud. Todo lo demás, por el momento, le daba lo mismo. Ya había desistido hacía horas de intentar darle un sentido a los planes del «Cuti», a la vida, a su infame destino, o a cualquier otra cosa.

—Venga. Hay que ponerse en marcha inmediatamente —decidió el «Cuti» volviendo a abrir el libro por la mitad—. Toma —añadió sacando un mechero Bic de su bolsillo—. Ponlo cerca para que pueda leer.

Onofre encendió sufridamente el mechero y le alumbró. Miraba a los que había a su alrededor como encogiéndose de hombros. Más de alguno se reiría comentando que eran unas horas muy raras para que anduviesen trabajando los cobradores de la luz, o incluso los filósofos urbanos.

—Está en italiano —informó el «Cuti» poniéndose muy cerca de la oreja izquierda de Onofre—. Bueno, lo iré traduciendo como pueda. Tú, atento. ¿De acuerdo? A veces estos problemas se resuelven de la manera más tonta, por una simple intuición. Y otras veces...

Onofre, pegado a él, con el mechero encendido en la mano, se sentía el ser más idiota del universo. Pero al «Cuti» parecía que eso era lo único que le tranquilizaba. Y estaba claro que era mejor seguirle el rollo.

—¿Cómo se llama el libro? —inquirió con presteza.

—¡Ah, es cierto! —repuso Santiago volviéndolo para ver la tapa—. Puede haber pistas en todo. ¡Muy bien, Onofrito!

Parecía bastante antiguo, por la disposición del texto en la portada y por el tipo de letra.

—A ver... «Estudio filosófico de la vida y sus misterios. Parábolas y sucesos dignos de profunda consideración por todos los hombres. Recopilados y estudiados por Benvenuto Foncini, conde de Bellalacqua.» ¿Te dice algo?

—No. No sé... Por ahora...

—Bueno. Página doscientas noventa y tres... A ver... Doscientas ochenta y siete, doscientas noventa y una... Sí, aquí está. Presta mucha atención, Onofre, por lo que más quieras. Tu salvación depende de esto.

—Sí. Ya estoy concentrado en el asunto.

—Venga. Es un capítulo que se llama «El secreto del rey Jacobo II de Sajonia.» Dice así: «Un escribano llamado Pacomio, que había prestado sus servicios al rey anterior, depuesto por Jacobo II, fue detenido por la guardia real y llevado a presencia del soberano, un déspota con fama de hombre cruel. Se le acusaba de haber proferido insultos al nuevo rey. Éste, tras escuchar los cargos en su contra, dijo: "Puesto que habéis declarado en público que soy un rey perverso, injusto y cruel, voy a condenaros a algo que no es ni injusto ni cruel. No voy a hacer que os ahorquen, como sería lo establecido, sino que voy a ahorcar a uno de vuestros dos hijos que, según tengo entendido, son gemelos. Y para que veáis asimismo que no abrigo ningún tipo de animadversión contra vos, dejaré que vos mismo decidáis cuál de los dos irá al patíbulo".»

—¡Uuuuyyyy! —gritó Onofre apagando el mechero.

—¿Qué pasa? ¿Has descubierto algo oculto en el texto?

—¡Porras! ¡Que me he quemado! ¡No veas cómo se ha puesto el mechero! ¡Mira, toca, toca...!

—¡Venga, hombre, Onofre! ¡Déjate de puñetas y enciende! ¡Que así no hay manera de concentrarse!

—Ya voy, ya voy —y se puso a soplarle al mechero. Enseguida lo volvió a encender.

—¡Agárralo de más abajo, hombre! Bueno, que sigo... ¿Por dónde iba? Ah, sí. «... "Cuál de los dos irá al patíbulo. Tenéis toda la noche para pensarlo. Mañana al mediodía, yo mismo, en persona, iré a vuestra celda y leeré los nombres de vuestros hijos que vos mismo escribiréis en un papel. ¿Cómo se llaman vuestros hijos? ¡Contestad!". El escribano dijo: "Fausto y Polonio". El rey continuó: "Pues bien, aquel de los dos que aparezca escrito en primer lugar, ése será el que muera en la horca. Como veis, maese Pacomio, he sido generoso con vos. Ahora, soldados, encerradle y dadle pluma, un tintero y una hoja de papel". El escribano, aunque tenía el corazón roto de dolor, miró con fiereza al rey y no imploró su clemencia. Antes de que se lo llevaran a la celda, el rey dijo: "Quede claro que si no lo hacéis así, o si escribís en el papel cualesquiera otras palabras, por mi honor que os haré ahorcar a los tres. A vuestros dos hijos y a vos. Recordad: escribiréis únicamente dos palabras, los dos nombres, y el que aparezca escrito en el papel en primer lugar, ése será al que vos mismo condenaréis a morir". Se llevaron al escribano y a la mañana siguiente, a mediodía, el propio rey bajó a las mazmorras, ordenó al carcelero que le abriese la puerta y al entrar en la celda halló que el escribano se había ahorcado de uno de los travesaños del techo. Miró el papel que éste había escrito y, tras quedar pensativo, lo cogió y subió con él a sus dependencias ordenando que descolgasen a aquel pobre infeliz y le diesen sepultura con todos los honores. Cuando esa misma tarde el verdugo se presentó en la sala del trono y preguntó que a cuál de los dos hijos debería ajusticiar, el rey dijo que a ninguno de los dos, que los dos quedaban libres para siempre de toda amenaza, lo cual sorprendió mucho a todos los presentes, porque nunca el rey se desdecía o revocaba una sentencia dada. Pero jamás nadie vio el papel que escribió aquella noche Pacomio en su cautividad. Éste es otro de los interesantes secretos que yo he recopilado aquí y que desde entonces a acá nadie ha sabido desvelar.»

—¿Ya está?

—Ya está —confirmó el «Cuti»—. Porque luego viene otro capítulo diferente que es...

Onofre había acabado escuchando la historia con cierto interés. Era bastante intrigante. Por momentos, casi se había olvidado de sus penas. Pero enseguida regresó a tierra, a sus propios temores, y cuando volvió la cabeza para echar un vistazo hacia el fondo, hacia la entrada, lo que vio le dejó sin habla. Casi todos los chavales a su alrededor tenían la mano en alto con un mechero encendido, como se hace a veces en los conciertos de rock cuando tocan un tema de esos muy tiernos y muy famosos, en plan homenaje. Sólo que ahora era un puro recochineo a costa del «Cuti» y de Onofre, el cual, como un lelo, allí seguía con su mechero encendido.

—¡Dios! —exclamó con voz temblorosa Cutillas al verse rodeado por aquel impresionante bosque de llamitas de gas cuyo significado desconocía—. ¡La señal! ¡Debe de ser la señal!

—Tranquilo, «Cuti», que no es nada. Es que... están de...

—¡Tal vez hemos entrado ya en conexión espiritual! ¡Sí! ¡Eso es! ¡¡Mondolfio!! ¿Dónde estáis?

El personal hacía lo que podía por contener la carcajada. Poco a poco, contagiados del cachondeo, todo el *pub*, hasta el fondo, se fue llenando en silencio de llamitas conmemorativas, lo que, desde luego, le daba un aire espectral a aquel oscuro tugurio con las paredes cuajadas de carteles de motos y de fotos de guitarristas con chaquetas de cuero negro claveteadas. Por si fuera poco, el que ponía los discos había decidido sumarse al vacile por su cuenta y había metido a todo trapo un imponente Bolero de Ravel, versión discoteca, con lo que el ambiente había quedado en una mezcla de emotividad y de filfa, a partes iguales. Pero todo el mundo participaba.

Fue en ese magnificente escenario en el que irrumpió la policía. Y no uno o dos agentes, sino quince o veinte. Habían peinado la calle y dado las descripciones de los sospechosos en la entrada y, ante la respuesta vehementemente afirmativa del portero gigantón, habían preparado una operación de urgencia casi en toda regla, con un montón de coches patrulla por todos lados. Pero, claro, en realidad los policías no estaban invitados a la fiesta de los mecheros y los chavales se tomaron el asunto como si fuera una redada. Con lo que se armó un buen lío allá junto a la entrada. Brazos, piernas, atascos empujones, gritos... Volaron vasos y porras y el altavoz de la policía no pudo en ningún momento con el bueno de Maurice (Ravel), pero, eso sí, creó aún mucho más caos.

Onofre reaccionó como un experto. Ya estaba avezado él en fugas traumáticas, así que sólo le bastó con fijarse un poco. Vio que los que debían de ser los más veteranos, los clientes más viejos de la casa, se deslizaban rápidamente por una puerta que había a la derecha del váter de damas y no se lo pensó más. Recogió el paquete de la uija, agarró del brazo al «Cuti», que se había quedado con la boca abierta ante la irrupción de los cuerpos de seguridad —no precisamente astrales— en aquel onírico universo de luminarias —fatuas, según él—, y le arrastró por el largo corredor que daba a una salida de incendios.

Fuera, todo fue correr y perderse por entre callejas a la desbandada. Porque la operación policial de urgencia no llegó a estar montada en toda regla. Así lo declaró tres minutos más tarde —a gritos y salpicado de tacos— el inspector Avelino Muñoz nada más llegar al «N-XIV», después de haberse dejado cuarenta duros de caucho y un cuarto de litro de líquido de frenos en el asfalto, junto a la puerta.

9 *El autobús*

CON tanto cachivache en las manos —y con tantas grasas y tanto tabaco en el cuerpo— se corría muy mal, pero ahora sí que estaban asustados, en especial Onofre. Y desanimados, porque comprobaban que el cerco se iba estrechando irremisiblemente. Siempre que intentaban asomarse fuera de los intrincados callejones de la parte vieja, adivinaban a lo lejos un coche de la policía cerrándoles el paso. Pero, al menos, parecía que al «Cuti» el poco aire que corría le había despejado un poco la mente. Eso era lo bueno que tenía, que, cuando no se ponía a alucinar, era un hombre eficiente. Incluso brillante.

Así que, ya con pocas fuerzas, pero con el «Cuti» a la cabeza, decidieron trotar siguiendo una larga y estrecha calle que desembocaba en una amplia avenida. Cuando llegaron al final se asomaron a la esquina y, efectivamente, en la bocacalle de más arriba, en la avenida, había una patrulla.

—¿Y ahora qué? —dijo Onofre, de nuevo lleno de temblores.

—Un momento... Tenemos una posibilidad —respondió el «Cuti» con la seriedad del que ha tenido en consideración diversas alternativas—. Hay que esperar a que pase un autobús y montarse en él. Ahí mismo hay una parada. Se trata de que no nos vean subir.

—Sí, pero no hay nadie en la parada. Si viene un autobús, ni siquiera se detendrá.

—Eso no es problema. Espérame aquí, que yo voy a la parada. Recuerda que a mí no me conocen. Cuando vea que los polis están distraídos, yo te haré una señal desde allí para que eches a correr y te escondas detrás de aquella furgoneta. ¿La ves? Una vez allí, en cuanto que pare el autobús para recogerme a mí, te haré otra señal para que te subas a toda velocidad. Trae la uija. Yo lo llevo todo.

—Sí, pero... ¿Y si me ven?

—Hay que arriesgarse. Mira, además, la parada ya no va a estar vacía.

En efecto, un matrimonio de cierta edad se metió en ese momento bajo la marquesina de la parada del autobús.

—Voy para allá, ¿eh?

—¡«Cuti», por tu madre, no me dejes aquí!

—¡Tranquilo, que todo va a salir bien!

Y el «Cuti», como un actor consumado, agachó la cabeza, encogió los hombros y salió de la callejuela cojeando y cargado con su paquete y su bolsa de plástico. Parecía más bajito todavía, y más viejo. Un currante con la tartera en la bolsa, que se recogía ya. Llegó sin novedad a la parada del autobús.

Onofre, desde la esquina, más nervioso que un flan, esperaba la señal sin quitarle el ojo de encima. Pero la señal no llegaba nunca. O a lo mejor ya había llegado varias veces... Dudaba constantemente si se le estaba pasando el momento oportuno al percibir desde su escondite una mirada más insistente del «Cuti», o al verle rascarse una oreja. ¿Sería ésa la señal?

Pero no. Al final vio que el otro le hacía un claro gesto con la mano y entonces corrió con todas sus fuerzas sin mirar más que al suelo, imaginando oír en cualquier momento un terrible «¡Alto!» o, incluso, una ráfaga de metralleta. No hubo tal, afortunadamente, y Onofre acabó penetrando como un rayo en la zona protegida, detrás de la furgoneta, con la angustia del que juega al escondite con la muerte.

Luego, hubo que esperar. Largo rato.

Por fin apareció el autobús. Iba totalmente vacío y tan iluminado como siempre. El «Cuti» comprendió que ése era el mayor peligro. El conductor llevaba prisa, como siempre que hay pocos viajeros y está próximo el momento de ir a encerrar a las cocheras, así que se detuvo con un enorme chirrido de ruedas. Sin embargo, no tuvo más remedio que ejercitar la paciencia, porque el «Cuti», con la historia de su cojera, complicó un poquito las cosas; eso sí, sin dejar de controlar la atención de los policías. Primero que a ver quién entraba antes, si la pareja o él, teniendo en cuenta su condición de impedido. Luego, cuando ya se empeñó en ser caballeroso e insistió en que primero era la señora y su acompañante, subió a bordo, una a una, sus dos pertenencias, para lo que, naturalmente, le tuvo que ayudar el caballero; luego se enredó con el primer escalón de la puerta, haciendo penosos equilibrios con el pie «malo» y lanzando improperios hacia la Empresa Municipal de Transportes por poner unos escalones tan altos y una barandilla tan incómoda... ¡Si los polis mirasen a otra parte de una maldita vez!

—¡Ahora! —gritó en voz baja el «Cuti» subiendo rápidamente el último escalón.

Y en ese momento, un instante antes de que el sufrido

conductor cerrase las puertas y arrancase furiosamente, se coló como una exhalación Onofre.

—¡Pasa rápido! —le susurró el «Cuti» nada más entrar él. Y eso es lo que hizo su sudoroso y asustado amigo. O, mejor dicho, eso fue lo que intentó hacer, meterse hacia el fondo a todo correr. Y lo hubiese logrado de no ser porque el pie de su amigo el «cojo» se interpuso en su camino. Onofre rodó aparatosamente por los suelos instantes antes de que el autobús pasase por delante del coche-patrulla, cuyos integrantes lanzaron una aburrida mirada y constataron que, tres eran, tres, los pasajeros que llevaba, como la mayor lógica del mundo hacía prever.

—¡Perdón, caballero! —se disculpó el «Cuti» sin dirigirle la mirada—. ¡Perdone mi torpeza, por favor! ¿Se ha hecho daño?

Onofre le miraba todo colorado desde el suelo del autobús. No entendía nada, como siempre.

—No, si no ha sido nada...

Y como se empeñaba en levantarse, el «Cuti» le pisaba la tripa para impedírselo. Con lo cual, los otros dos viajeros, sentados allí delante, estaban absolutamente alucinados.

—Cóbrese lo de este señor también —le ordenó al conductor dándole un billete—. Oiga, ¿de verdad que no se ha hecho daño?

—No, no... De verdad —decía Onofre desde allí abajo.

Y por fin, una vez que el autobús giró en una plaza, le dejó levantarse.

—He tenido que tirarte al suelo para que no te vieran —murmuró a su oído.

—Ya, ya...

Y juntos, cargando con sus trastos, se fueron al fondo —el «cojo» sin cojera ninguna, se le había olvidado—

y se sentaron en la última y bamboleante fila de asientos. La pareja no hacía más que volver discretamente la cabeza.

—¿Lo ves? —dijo el «Cuti» calándose sus gruesas gafas—. ¿Ves cómo ha salido bien?

—No me preguntes, «Cuti». Ya no estoy seguro de nada —contestó Onofre con la frente perlada de sudor. Luego miró por las ventanillas—. ¿Hacia dónde vamos?

—Ni idea. Pero cuanto más lejos, mejor. Nos bajaremos en la última parada.

—¡Uf!

—Venga, que ya ha pasado lo peor.

—No sé, «Cuti», pero esto que estoy pasando... no se lo deseo a nadie. ¡No puedo más!

—Ánimo, hombre. Sí, es verdad que estás un poco menos gordito, pero te sentará bien.

—No, «Cuti». No bromees. Ya no hay nada que hacer. Llevo la muerte dentro de mí.

—Oye, deja de decir idioteces, ¿eh? Si las cosas se ponen bien y aprovechamos el tiempo, vamos a descubrir quién está detrás de todo esto. Bueno, y ahora, lo más importante: ¿se te ha ocurrido algo?

—No. No sé. Llamar por teléfono lo primero, para que mi pobre madre se tranquilice, y...

—¡No, hombre! ¡Onofre, que me refiero al enigma! A lo de cómo escribir los nombres de dos personas en un papel sin que uno esté antes que otro.

—Ah..., ¿eso?

—¡Por favor, tómatelo un poco en serio! —el «Cuti» se estaba alterando por el escaso interés de su amigo—. ¡Te lo digo de verdad, hay que hacerlo ahora! ¡Si no, yo renuncio!

—Que sí, hombre, «Cuti», que sí. Si es que con todo este lío...

—No quiero disculpas, Onofre. ¡Esto no es ningún juego! Venga. Vamos a ver. Lo primero de todo: ¿estás de acuerdo conmigo en que el problema se reduce a eso? ¿A cómo poner dos nombres en un papel sin que se pueda leer uno antes que otro? Es un problema grafosófico. O, más bien, semantográfico.

—¿Qué?

—Que es un problema de organización espacial. Simplemente. La jerarquía espacial del grafismo en occidente es de izquierda a derecha y de arriba abajo.

—Espera un momento, que es que...

—¡Sí, hombre! Para los países occidentales, en un espacio gráfico, en una hoja de papel, por ejemplo, lo que está a la izquierda se lee antes que lo que está a la derecha, y lo que está arriba antes que lo que está abajo, ¿no?

El autobús corría que se las pelaba sin tener que pararse a recoger o a dejar a ningún viajero. Onofre se quedó viendo pasar los edificios.

—¿Y lo que está en el centro? —preguntó al cabo de unos instantes.

—¿En el centro del papel? Pues... Si el resto de la hoja está vacía...

—Podría ser que... —dijo de repente Onofre, sin oír más explicaciones—. A ver esto: imagínate que... yo soy el hombre ése que está encerrado, el escribano. Y entonces pongo... ¿Cómo dices que se llamaban sus dos hijos?

—Fausto y Polonio. O Polonio y Fausto.

—Bueno, pues entonces yo lleno toda la hoja con la palabra FAUSTO. La escribo por todas partes. Y en el centro del papel, en letras más gordas, escribo POLONIO. ¿Tú sabrías cuál de los dos es más importante? ¿Cuál es el primero?

—Pues... La verdad es que... sería difícil decidirlo.

—Pues ya está. Ahí lo tienes.

—Sí, pero si yo soy el rey y tú me das ese papel, me cepillo, no a uno, sino a tus dos hijos.

—¿Por qué?

—Porque te has saltado una de las reglas. El rey dijo que sólo podías escribir los dos nombres.

—Sí, pero yo no he escrito nada más que los dos nombres. Uno de ellos muchas veces, eso sí, pero nada más.

—No, no. Es que me parece que... —el «Cuti» sacó rápidamente el libro de la bolsa y se puso a buscar la página en cuestión—. Mira, aquí está lo que le dice el rey: «Escribiréis únicamente dos palabras, los dos nombres, y el que...».

—¡Maldita sea! Es verdad.

—No, si la cosa tiene bemoles.

—¿Y entonces no puede ser que el hombre escribiera una historia para ablandarle el corazón al rey antes de ahorcarse? ¿O algo así?

El autobús dio una curva tan cerrada que tuvieron que agarrarse a los asientos delanteros.

—No. No creo que sea eso. El planteamiento del problema está demasiado claro. No hay que andarle buscando tres pies al gato. Además, es del estilo de los que le gustan a Mondolfio. Pura lógica y sin trucos.

—Pues vaya.

—Estoy pensando, Onofre, que lo que has dicho del centro del papel es una buena pista. Si pudiesen escribirse los dos nombres en el centro... Pero, claro, el centro de un papel, por definición, es un punto donde se cruzan las diagonales. Sólo puede estar ocupado por uno de los nombres.

—¿Y poner los dos nombres escritos en círculo, alrededor del centro?

—¿Cómo, cómo?

—Sí, mira —Onofre sacó su agenda y un bolígrafo del bolsillo de la americana y escribió en una hoja:

U S
A T
F O

P O
O I
L N
O

—Sí, pero ya ves que FAUSTO está arriba, y POLONIO abajo. Y si los pones uno a la izquierda y otro a la derecha, igual —el «Cuti» giró la agenda para mostrárselo—. El de la izquierda la palma.

Ya. Pues, entonces... Espera un momento... Hay una manera de ocupar el centro del papel y que ese punto esté compartido por los dos nombres.

Onofre pasó otra hoja de la agenda y escribió en el centro:

F
A
U
POL ONIO
S
T
O

—¡Bravo, Onofre! ¡Qué interesante! ¡Has unido las dos fuerzas, la horizontal y la vertical, para neutralizar su competencia! ¡Claro! Es como el símbolo de la cruz, que según los alquimistas es la superación de la dualidad...

—Bueno, déjate de historias. ¿Es eso, entonces? ¿Te sirve esa solución?

—No lo sé. La pregunta aquí sería: ¿qué criterio de

los dos tiene preponderancia, aparecer escrito más arriba o estar más a la izquierda? ¿O los dos criterios son verdaderamente iguales?

—Yo, desde luego, si lo veo escrito así, no sabría elegir ninguno de los dos.

—No lo sé. Porque... si te fijas bien, uno de los nombres está escrito en el sentido más natural, y de la forma en que escribimos siempre.

—¿Cuál?

—Polonio. Es el que primero salta a la vista, el más legible para nosotros. Si estuviese escrito en japonés, que escriben de arriba abajo, sería al contrario, pero... En cambio, Fausto no. Para escribir Fausto has tenido que forzar tu forma natural de escribir. Yo creo que para un diseño de dos líneas, para formas abstractas, podría servir. Y de ahí que el símbolo de la cruz funcione tan bien. Pero para las palabras escritas, que tienen una dirección natural...

—¿Entonces no es eso? ¡Pues vaya!

—No lo sé. Me gusta la solución, pero... Yo creo que el rey podría hacer un razonamiento parecido al que he hecho yo para no dejarse convencer.

—Hombre, si lo que pasa es que el rey está empeñado en cargarse a uno de los dos...

—Es que es exactamente eso. Él quiere ajusticiar a uno de los dos. Hay que encontrar una solución *que no ofrezca la menor duda* de que ninguno de los dos nombres aparece más destacado que otro, bajo ningún criterio que se nos ocurra. Algo que no tenga vuelta de hoja. Y eso es lo que, al parecer, encuentra el escribano.

—Algo que no tenga vuelta de hoja... ¡Pero eso es imposible! Según tú, siempre hay algún pero que ponerle, ¿no?

—No lo sé. Fíjate; imagínate la solución del círculo

que se te ocurrió antes. La de los dos nombres escritos formando un círculo —el «Cuti» volvió la hoja de la agenda—. Ésta. Ahora imagínate que los dos nombres giran en esa circunferencia, que dan vueltas sin parar alrededor del centro. ¿Lo ves? Ésa sería una solución perfecta.

—Ya, pero es que eso... No creo que el escribano tuviera una maquinita allí para... No, ni siquiera con una maquinita. Magia. Y entonces...

—No, no. Ya sé que es imposible. Pero es para explicarte por dónde puede ir la solución que yo veo. No sé por qué, pero tiene que ser algo en movimiento.

—En movimiento... Pues lo estás arreglando.

—No sé, no sé...

—Oye, aparte de este asunto, hay una cosa que quiero decirte, «Cuti» —dijo Onofre con cierto misterio.

—Dime.

—Me he dado cuenta de que aquella pareja de allá no deja de mirarnos. Yo creo que ella me ha reconocido.

—¿Sí?

—Sí. Y parecen un poco asustados. Fíjate. Están discutiendo en voz baja porque no saben qué hacer.

—Puede que tengas razón. ¡Maldita sea!

El «Cuti» se puso de pie tratando de guardar el equilibrio.

—Nos bajamos en la siguiente parada —dijo, y, sin más, apretó el botón de aviso al conductor. Onofre se levantó también, con el paquete de la uija. Volvía a estar nervioso.

El autobús se detuvo con un nuevo chirrido de frenos. Cuando Onofre y el «Cuti» pasaron junto a la pareja, la mujer, toda nerviosa, no sabía adónde mirar ni dónde esconder las manos. Y el marido lo mismo.

Bajaron por fin y desde la acera vieron cómo, nada

más arrancar el autobús, sus dos únicos pasajeros se levantaban inmediatamente del asiento y corrían a hablar con el conductor. Pero el autobús no paró. Seguramente el hombre lo único que deseaba en esos momentos era irse tranquilamente a su casa y que le dejaran de historias.

10 *Más dificultades*

CAMINABAN por una zona desconocida del extrarradio buscando una cabina. Había un parque enfrente, por lo que allí la noche estaba algo más fresca. Pero no encontraban un teléfono.

—Lo que me pregunto todo el rato —dijo el «Cuti» mientras avanzaban lentamente por la gran avenida— es por qué se ahorcó el buen hombre. Si él creía que había dado con la solución, ¿por qué se ahorcó?

—Mira, «Cuti», yo ya no estoy para adivinanzas. ¡De verdad! Y, además, estoy hecho polvo...

—¡Calla! ¡Me parece que ya lo tengo! —Cutillas se detuvo en medio de la solitaria acera.

—¿Seguro?

—¡Es por el movimiento! El movimiento es lo único que supera la oposición dialéctica. Y, claro que sí, ¡el movimiento tenía que ser circular, a la fuerza, como el yin y el yang!

El «Cuti» estaba absolutamente emocionado.

—«Cuti», por favor, tranquilízate...

—¡Mira! ¡Imagínate la escena como la he visto yo! Tú eres el rey, y bajas a la mañana siguiente a recoger ese papel. Entonces cuando el carcelero te abre la puerta, ¿qué ves?

—Pues, no sé... Al escribano ahorcado del techo...

—¿Y cómo está? ¡Trata de verlo!

—Pues... Está quietecito. Muerto. ¿Cómo quieres que esté?

—¿Quietecito?

—Sí, ¿no? —Onofre le miró con ojos raros—. No se iba a estar moviendo el muerto...

—Sí, claro que se estaba moviendo. Cuando un hombre está colgado, ¿no se mueve su cuerpo?

—Sí, bueno, claro. A lo mejor está bamboleándose un poco, o girando...

—Girando. Exacto. Y éste giraba mucho. ¿Por qué?

—No sé por qué este muerto iba a girar más que otros muertos...

—Porque él *quería* girar después de ahorcarse. Él lo tiene todo preparado para el mediodía y en cuanto que oye que se acerca el rey, se cuelga, precisamente para que le vea girando. ¿Cómo? Pues es muy sencillo. Primero coge la soga, o su propio cinturón, lo engancha a la viga y se pone a retorcerlo. ¿Lo entiendes? Luego se sube a la banqueta, mete la cabeza en el lazo y salta. Entonces, mientras él está muriendo, su cuerpo no para de girar. Primero todo hacia un lado, luego hacia el otro...

—Bueno, ¿y qué? ¿Y qué tiene que ver eso con el papel? ¿Dónde está el papelito?

—¡Ahí quería llegar yo! El papel, atado con un cordón, cuelga de uno de sus zapatos, en el aire. Y está constantemente dando vueltas.

—¿Y qué pone?

—Sólo dos nombres, en el centro. Pero uno en una cara del papel, y el otro en la otra.

Onofre se quedó maravillado.

—Claro... Por eso se ahorca. Para intentar salvar a sus hijos. ¡Es verdad!

—Creo que ésa es la solución. ¿A que sí?

—Sí, señor. Parece que no tiene vuelta de hoja.

—Ja, ja, ja... ¡Precisamente, sí tiene vuelta de hoja! ¡Pero funciona!

—Porque, sí, claro...; los dos nombres son igual de importantes. Cada uno en el centro del papel, sólo que...

—¡Bueno, venga! ¡Ya nos podemos ir! ¡No hay tiempo que perder! —exclamó el «Cuti» poniéndose en marcha—. ¡Mondolfio nos espera! ¡Y, con su ayuda, los espíritus de Ramírez y José Ángel!

—¿Y... y no llamamos por teléfono a mi madre? ¡Son las once y cuarto!

—¡No hace falta! Cogemos un taxi y nos vamos directamente a la buhardilla. ¡Ahora ya podemos! O... eso espero...

El taxi, sin embargo, no aparecía. En realidad, apenas si pasaba por allí algún coche. Tuvieron que caminar —aunque ahora más animados— hasta el final de la avenida para llegar a una gran plaza, donde sí había tráfico.

—Ahora, por favor, Onofre, haz lo que sea para que el taxista no te pueda reconocer. ¡No dejes que te vea!

—Lo intentaré. Pero... tú no te pongas a decir cosas raras, por favor. ¿De acuerdo? Ni a volver loco al taxista.

Subieron a un taxi y salieron disparados hacia la calle Maguncia. Había poca circulación, ya a esas horas. Y afortunadamente no se produjo ningún acontecimiento extraordinario a lo largo del trayecto, ni al taxista le dio por ponerse de charla con los pasajeros. Sólo que, cuando estaban llegando, muy cerca ya de su destino, avistaron un par de coches de policía.

—Déjenos aquí mismo —se apresuró a comunicar el «Cuti» al conductor.

—Pero... la calle Maguncia es aquella de allí. Todavía no hemos llegado...

—No importa, no importa. Es que... preferimos ir dando un paseo.

—Como ustedes quieran.

Pagaron el taxi, que se largó con viento fresco.

—¿Y ahora qué, Santiago? —dijo Onofre, muy serio, volviendo a sus viejos temores—. No hay nada que hacer. Esto también está lleno de policías. ¿No será que Margarita se ha ido de la lengua? ¿O tu portero?

—No creo. Estoy pensando que... Es más que probable que haya sido el taxista de antes. Vamos, mejor dicho, estoy seguro.

—¿El taxista? Pero si se quedó hecho polvo... Además, yo creo que no me vio.

—Él no, pero recuerda que la gente que acudió cuando lo del accidente sí te reconoció. Y seguro que al final el taxista se ha acordado de cuál era la calle a la que tenía que traernos.

—¡Entonces, eso significa que han detenido a mi madre y a...! ¿Lo ves? ¡Ya sabía yo que esto no podía hacer más que complicar las cosas! ¡Ya sabía yo que...!

—Calla, y no te pongas histérico, Onofre. El taxista no sabía el número. No se lo dije. Y la calle Maguncia es bastante larga.

—¿No le dijiste el número?

—Estoy absolutamente seguro. Le dije que ya le indicaría cuando llegásemos.

—Bueno, como quieras. Pero, de todas maneras, no podemos llegar a la buhardilla. Tienen la calle entera vigilada.

—Vamos a ver... Tenemos que ir al número cuarenta y cinco. Eso está como hacia la mitad de la calle.

—¡Pues perfecto, entonces!

—Silencio. Déjame pensar. A ti lo que te pasa es que enseguida te rindes ante el más pequeño problema. Hay que pensar en positivo. Como si no hubiese más remedio que conseguirlo.

—Ya. Tú y tus teorías. Mira, «Cuti», cuando no se puede, no se puede, y ya está. No compliques más las cosas. Llamamos por teléfono y...

—Espera un momento. ¡Ya lo tengo! ¿A ver? —el «Cuti» se agachó y agarró el pie izquierdo de Onofre.

—¿Se puede saber qué haces?

—Bien. Tienes suela de goma. Menos mal.

—Pero ¿qué narices...?

—¿Cómo andas de vértigo? ¿Tienes mucho?

—Un poco. ¿Por qué?

—Porque vamos a ir por los tejados. Por eso.

—¡Tú estás chalado, «Cuti»! ¡Completamente chalado!

—¿Se puede saber por qué?

—Porque... Porque... ¿Cómo vamos a ir por los tejados? ¡Yo no sé andar por los tejados!

—Pues aprendes —y no añadió más. Simplemente se puso a caminar.

—¡¡«Cutiiii»!!

—Venga, vamos —dijo sin pararse, volviendo sólo la cabeza—. Y deja de gritar.

—Pero... Pero si es que... —pero Onofre se puso a trotar detrás de su amigo—. ¡Si es que me puedo caer...!

—Y te pueden caer también trescientos ochenta y cinco años de cárcel como no hagamos algo. ¡Tú verás!

Cogieron la paralela a Maguncia por la izquierda. Había alguna gente tomando el fresco y bebiendo cerveza en la acera, junto a los bares. Más de la habitual.

Todos comentaban el número que se había organizado en la calle de al lado, que estaba tomada por los polis.

—Debe de ser una reunión de la secta del puñal, que les está trayendo de cabeza —decía uno.

—Es muy posible. Si es que ya os lo he avisado yo... —decía otro—. Cuando se acaba el milenio, la gente se pone muy rara y se montan unos cirios de mucho cuidado. Y esto no es más que el comienzo.

Avanzaron por la paralela, sin llamar la atención, hasta que llegaron al número 46. Luego retrocedieron y se asomaron cautelosamente por la transversal, la que unía esa calle con Maguncia. El «Cuti» miró hacia lo alto. Era un manzana de edificios de cinco o seis plantas, bastante antiguos. Todos, en efecto, tenían buhardillas.

—El número cuarenta y cinco de Maguncia está en esta manzana —afirmó el «Cuti», convencido.

—Muy bien. ¿Y cómo subimos hasta el tejado? ¿Escalando las paredes?

—Buena pregunta. Pero eso ya es otro tema. Ahora veremos cómo entramos. Vamos hacia ese portal.

Y allí se plantaron.

—¿Carlos, me abres? —dijo el «Cuti» por el portero automático después de apretar el botón de arriba a la izquierda, el sexto, ante el estupor de Onofre.

—No, aquí no es. Se ha equivocado —contestaron.

—¿Carlos, me abres? —repitió el «Cuti» instantes después dando al del sexto derecha.

—¿Carlos? Aquí no es. Eso es en el cuarto izquierda.

—Ah, perdone. Y gracias.

Sin solución de continuidad, el «Cuti» oprimió el del quinto derecha.

—¡Que te ha dicho que el cuarto izquierda! —se apresuró a advertirle Onofre.

—¡Calla hombre!

—¿Sí, quién es?

—Oye, Carlos, perdona que llegue tan tarde, pero es que...

—¿Carlos Ropeiro? No es aquí. Es abajo, en el cuarto izquierda.

—Ah, perdone.

Onofre pareció entender.

—Bueno, ya sabemos dónde vive un tal Carlos Ropeiro —comentó el «Cuti».

Pero luego tampoco llamó al cuarto izquierda, como había imaginado Onofre, sino que apretó uno de los de abajo. El del primero izquierda.

—Oye, Luis, ¿me abres?

—¡Aquí no hay ningún Luis! —contestó una voz de señora con malas pulgas.

El «Cuti» no se inmutó. Llamó a otro de los inferiores. Al segundo izquierda.

—Pero ¿qué haces? —susurraba Onofre—. ¿Vas a llamar a todos, o qué?

—¡Shhh!

—¿Quién es? —dijo el telefonillo.

—¡Juan, oye, que ya he llegado, ábreme!

—¿Juan? ¿Qué Juan? —era la voz de un joven.

—Ah, ¿no es el segundo izquierda? Entonces lo he anotado mal.

—¿Por qué Juan pregunta? ¿Por Juan Ramón?

—Sí. Por Juan Ramón.

—No. Eso es aquí arriba, en el tercero derecha.

—Ah, muchas gracias. Y perdone.

—¡Oye, un momento, por favor! —le interrumpió Onofre sujetándole la mano, que ya se iba a darle a otro botón—. ¿Quieres explicarme qué pasa? ¿Te vas a pasar la noche apretando botoncitos? Te ha dado por ahí ahora, ¿o qué?

—¡Espera un momento, que si no se me olvida! A ver: Carlos Ropeiro era en... el cuarto izquierda. Eso es. Y Juan Ramón en... el tercero derecha. Calla. Sólo un momento. Si nos sale bien ahora, no tendré que apretar más botones de otros portales.

Y oprimió el del cuarto izquierda.

—¿Carlos? ¿Carlos Ropeiro?

—Sí, ¿quién es?

—Oye, mira, soy Juan Ramón —dijo el «Cuti» con todo el descaro del mundo, poniéndose, eso sí, un poco más alejado del micrófono.

—¿Quién? —dijo la voz.

—Juan Ramón, el del tercero derecha.

—Ah, sí. ¿Qué pasa?

—Oye, mira, perdona que te moleste a estas horas, Carlos, pero es que me he dejado la llave del portal en casa, y resulta que no puedo entrar. ¿Puedes abrirme? Es que si no tengo que armar un follón, llamar a casa de mi madre...

—Sí, hombre, no te preocupes, Juan Ramón. Te abro.

Y sonó el mágico sonido de chicharra de la puerta.

—Oye, Carlos, muchísimas gracias, ¿eh?

—Nada hombre, para eso estamos los vecinos.

Onofre simplemente empujó, boquiabierto. Y el viejo portón de madera, poco engrasado, se abrió entre siniestros chirridos.

—¡Despierta, Onofrito! ¿Ves como al final todo se consigue? —le dijo risueño su amigo entrando en la oscuridad del húmedo portal.

Onofre miró hacia dentro con espanto. No le apetecía nada continuar. Si no fuese porque su madre le esperaba... ¡Y por la venganza sufí...!

—Bueno, ¿entras o no?

Onofre tardó unas décimas de segundo en seguirle. Por su cabeza pasó la idea de desaparecer de escena en ese preciso momento.

11 *Una mirada al abismo*

COMENZARON a subir las escaleras sin prender las luces e intentando hacer el menor ruido posible. Pero, a pesar de que el «Cuti» encendía de vez en cuando su mechero para orientarse, Onofre estaba tan nervioso que no dejaba de tropezarse con los viejos escalones de madera.

—¡Silencio, por favor! —suplicaba el «Cuti» haciendo grandes aspavientos con las manos, ya que no podía levantar la voz.

Por fin llegaron resoplando al último piso y, a la penosa luz del mechero, que hacía los techos más altos y tenebrosos, se situaron junto a una oxidada escalera de hierro empotrada en la pared, que subía hasta una trampilla de metal, allá arriba. El problema era que el primer peldaño de la escalera pillaba a la altura de los hombros. El «Cuti» apagó el mechero. Parecía que entraba cierta claridad por una ventana de la escalera.

—Venga, sube —ordenó Cutillas en voz baja después de dejar en el suelo la bolsa y el paquete y, agachándose, se enlazó las manos con las palmas hacia arriba, fabricando una especie de estribo.

—No, no, sube tú primero —Onofre lo tenía muy claro.

—Sube tú, Onofre, que desde arriba es mucho más difícil ayudarte.

—Que no, que no.

—Oye, ahora no me vengas con ésas, ¿eh? Vamos. ¡Sube!

Ante el tono de su compañero, Onofre no se atrevió a oponer más resistencia. Ya era demasiado tarde para lamentarlo. Puso el pie entre las manos del «Cuti» y, después de uno, dos y hasta tres patosos impulsos, consiguió por fin agarrarse con las manos al cuarto peldaño de la escalera de hierro.

—¡Venga, pon el otro pie en el primer peldaño, deprisa!

Pero Onofre, o no veía muy bien en aquella oscuridad, o estaba realmente torpe, porque no conseguía ni a la de tres acertar con el pie; con lo cual al «Cuti» comenzaron a flojearle las piernas y los riñones y se puso a bailotear allí, agachado, con el voluminoso pie del otro machacándole las manos.

—¡Ehhh! ¡Que me la pego!

—¡Venga, agárrate! ¡Agárrate de una vez! —decía el «Cuti» entre lastimosos resoplidos.

Y al final, cuando ya casi ninguno de los dos podía con su alma, Onofre consiguió apoyar el pie en el hierro, pero allí se quedó atascado, sin poder moverse, colgado como una ristra de morcillas.

—¡Arriiiiba! —se animaba a sí mismo el «Cuti», sudando a chorros, mientras empujaba con todas sus fuerzas el enorme culo de Onofre—. ¡Venga! ¡Arriiiiba! ¡Un esfuerzo más!

Y tras varios empellones desconsiderados con las manos, con los codos y, por último, con la cabeza, consiguió que el grasiento abdomen de Onofre fuese aupándose, peldaño a peldaño, y que el hombre, al final, quedase casi totalmente erguido allá arriba, en el primer escalón.

—Ahora sube hasta lo alto y empuja la trampilla hacia arriba —explicó el «Cuti».

—Pero si es que... yo nunca he hecho estas cosas. En el colegio...

—¡Haz lo que te digo!

Onofre se hacía el remolón, pero al final no tuvo más remedio que intentarlo. Poco a poco, con la mayor torpeza del mundo, fue subiendo peldaños hasta que llegó a tocar la trampilla con las manos.

—¿Hay algún candado? —preguntó el otro desde abajo, tratando de que le llegase la luz del mechero.

—No...

—¡Pues empuja fuerte!

Se oyó un rechinar de herrumbre y luego un tremendo golpe. La puerta de hierro, al ser empujada con tanta fuerza, se abrió violentamente y golpeó contra las tejas de fuera.

Al «Cuti» se le heló la sangre. Podían haberlo oído hasta en el primer piso.

—Es que... yo creía que estaba más duro... —se disculpaba Onofre desde las alturas.

—¡Shhhhhh! ¡Cállate, maldita sea! ¡Venga, rápido, agarra los paquetes y súbelos! Y luego baja para echarme una mano. ¡Deprisa!

Cutillas fue mucho más ágil y, agarrándose a Onofre, enseguida trepó a la escalera.

—¡Venga, tira para arriba de una vez! —y le metía prisa dándole empujones en el trasero—. ¡Sal fuera!

Allá arriba, en el tejado, el aire fresco y la inmensidad del cielo estrellado los sacó momentáneamente del agobio. Cutillas se apresuró, no obstante, a cerrar con mucho cuidado la trampilla. Le pareció que, por los pisos de abajo, se oían puertas que se abrían.

—Vamos, hay que largarse de aquí rápidamente —dijo.

Pero Onofre estaba temblando. La cabeza le daba vueltas en aquella superficie inclinada. Se sentía tan inseguro como si le hubiesen puesto unos patines en los pies.

—Dame la mano y no te sueltes. Yo te llevaré —decidió el «Cuti» al verle en ese estado—. ¿Puedes llevar tú la uija y la bolsa? Eso es. Vamos a ver... Es por allí —y se puso a caminar por encima de las tejas sin volverse para ver cómo Onofre, con los ojos cerrados, le seguía agarrado de la mano.

Recorrieron lentamente una treintena de metros de esa manera, trepando por las chepas de aquellos viejos tejados y evitando las ventanas abuhardilladas que estaban iluminadas.

—Ésa debe de ser la fachada del cuarenta y cinco —dijo el «Cuti» señalando a la izquierda, al resplandor que surgía de abajo, más allá del canalón del tejado—. Y seguramente alguna de esas buhardillas es la de la amiga de Margarita. Hay que asomarse con mucho cuidado a ver si tenemos suerte y están ahí. Venga, vamos. Pero ahora, no se te ocurra hacer el más mínimo ruido, ¿eh?

Onofre no decía nada. Ni pío. Se dejaba hacer. Avanzaron aún más lentamente, por el lateral, hasta el primero de los mochones.

—Ahora, ni respires —susurró el «Cuti» al oído de su compañero—. Voy a asomarme por la ventana.

Cutillas se separó de su amigo y se deslizó, tumbado sobre las tejas, hasta que su cabeza quedó junto a la esquina inferior de la ventana. Entonces, tras prepararse para ello, se asomó rápidamente e, igual de rápido, volvió a retirarse. En la décima de segundo que había empleado para atisbar allá dentro, vio a una niña con coletas sentada en una especie de sofá mirando la tele y, al fondo, a una señora de pie junto a una mesa, doblando camisas, o algo así.

—No es ésta —volvió y dijo con mucho cuidado al oído de Onofre—: Seguimos más para allá.

La siguiente ventana estaba con la luz apagada, así que continuaron avanzando. Luego, de nuevo el «Cuti» se preparó para la misma operación con la primera de las tres que quedaban, todas ellas iluminadas. Se deslizó gatunamente por las tejas inclinadas y acercó la cara a la esquina de la ventana de aluminio, abierta hacia dentro de par en par. Tomó impulso y... la impresión que se llevó fue demasiado fuerte para él. Un agudo pinchazo en el corazón, como si le hubiesen clavado una aguja, le hizo retorcerse de dolor. Dentro, había una mujer muy mayor, medio calva y muy arrugada, de pie, apoyada en su bastón. Estaba quieta, en tensión pero absolutamente estática, como una serpiente a punto de saltar sobre su víctima, y miraba hacia la ventana. Pero, en realidad, no miraba hacia ningún sitio, porque tenía los ojos en blanco. Luego, el indescriptible ambiente que se percibía allá dentro. Como si el aire, el denso aire, estuviese relleno de sombras malignas, increíblemente amenazadoras, cargado de invisibles turbulencias de maldad contenida...

Con el mayor sigilo del mundo y el corazón latiéndole con fuerza en las sienes, retrocedió sobre las tejas y se acercó tembloroso al oído de Onofre. Iba a decir algo, pero lo pensó mejor y le hizo angustiosas señas de que le siguiese, en absoluto silencio, más hacia arriba.

—¡Dios! ¡Es más de lo que podía imaginar!

—¿Qué..., qué has visto? ¿Están ahí? ¿Está ahí mi madre? ¿Le ha sucedido algo?

—No. No sé lo que es. Pero ahí, ahí dentro, he visto algo o... no sé..., he presentido algo que... Es como...

—¿Quién hay? ¿Qué ha pasado?

—No, no, no es ésa la casa. Hay simplemente una vieja, que no conozco, pero... No sé cómo explicarte...

—¿Cómo es? ¿Es muy rara?

—¡Sí! ¡Es una vieja espantosa! ¡Y con los ojos vueltos hacia dentro...!

—Pues vámonos. ¡Venga, vámonos de aquí inmediatamente! —saltó Onofre, contagiado del miedo.

—¡Tranquilo! ¡No te muevas, por favor! —le retuvo el «Cuti»—. Ya se me ha pasado. Es que ha sido... como una visión horrible, una sorpresa demasiado fuerte... Pero no pasa nada, Onofre, de verdad.

—Pero... ¿quién era?

—No lo sé. Es una vieja. Simplemente una vieja que vive ahí. Y yo me he dado un susto de muerte, pero nada más. Venga, que ya estamos muy cerca. A ver si tenemos suerte con aquella ventana. Tiene que ser, a la fuerza, una de esas dos.

—«Cuti», escucha... Yo creo que es mejor no seguir. De verdad...

—¿No querías saber si está bien tu madre? Pues tiene que estar ya aquí al lado.

Sólo tuvieron que volver la cabeza hacia la izquierda para verlo. Era, efectivamente, la siguiente ventana, una veintena de metros más allá. La madre de Onofre, doña Sole, se había asomado con expresión preocupada hacia afuera, hacia los tejados de enfrente de la casa, como si presintiera algo. A su lado apareció Margarita Bejarano, acodada también a la ventana.

—¡Un momento! —dijo el «Cuti» deteniendo el fuerte

impulso de Onofre, que ya se precipitaba tejas abajo hacia la ansiada figura de su madre. E, impertérrito ante la casi incontenible emoción de su amigo, cogió la bolsa de plástico, rebuscó en su interior y sacó un trozo de tela negra, de mediano tamaño.

—Toma, póntela.

—¿Qué es esto?

—Una funda para ocultarte el rostro. Ya te dije que tendrías que aparecer encapuchado.

—¡Que no, «Cuti»...!

Cutillas, sin más, le endosó el saco por la cabeza. Tenía unos agujeritos en la parte de los ojos que, la verdad, eran tan pequeños que a Onofre le resultaba difícil apuntar la mirada a través de ellos. Al menor movimiento se le descolocaban de la visual.

—Es por tu bien, Onofre. Recuerda que nadie debe reconocerte. Ni siquiera tu madre. Es muy peligroso. Y otra cosa muy importante: no hables. No digas ni una sola palabra. Yo voy a decir que eres turco, o tal vez birmano, ya veremos. A partir de ahora te llamas Celal Polatkán. Si en algún momento a lo largo de la sesión te ves obligado a decir algo, utiliza sólo estas dos palabras: «Ankur» para decir sí y «Nolir» para decir no. ¿Has entendido? «Ankur» y «Nolir». A ver, repítemelo.

—«Cuti», de verdad, que yo no voy a saber... —decía Onofre buscando nerviosamente los agujeritos de los ojos.

—Vamos, repite conmigo. Sí: «Ankur».

—Sí: «Ankur».

—No: «Nolir». Esto es más fácil.

—No: «Nolir».

—Y te llamas Celal Polatkán.

—Celal... Polarkán.

—¡No! Celal Po-lat-kán.

—Celal Polatkán.

—Eso es. Muy bien. Ahora ya podemos ir. Ya sabes, en silencio.

—¡Espérame, «Cuti», por favor! ¡Que no veo nada!

—Trae. Dame la uija. Y cógeme de la mano. Yo te llevo.

12 *La «Pelona»*

NADA más saltar dentro del amplio cuarto, abuhardillado en los dos laterales, el «Cuti» comprobó satisfecho que, en efecto, todo estaba preparado para el comienzo de la ceremonia. Había una mesa en el centro, con cinco sillas y unos hermosos candelabros de bronce. Pero los ánimos estaban muy exaltados, sobre todo por parte de doña Sole que, como había imaginado su hijo, se encontraba en un alto estado de nerviosismo.

—Buenas noches a todos —dijo con la voz más sobria que encontró, como un Pimpinela Escarlata al irrumpir por la ventana en medio de una reunión de sorprendidos camaradas—. Les presento al eminente Celal Polatkán. Se trata de un experto telépata turco que nos ayudará a conectar con...

—¡Hijo mío! ¡Mi Onofrito! —exclamó la buena señora quitándole la capucha a Onofre sin el menor miramiento y, sin perder un segundo, se puso a llorar abrazado a su retoño, que tampoco hizo mucho por evitar emocionarse.

—¡Mamá! —por fin hallaba él un pecho reconfortante sobre el que descargar toda la angustia almacenada durante los dos más fatídicos días de su vida. Ni más ni menos que el pecho de su madre. Casi nada. Onofre lloró amargamente en representación de toda la injusticia, o la soledad, o el sufrimiento del ser humano.

—Vaya, hombre. Tanta historia para esto —rezongó Cutillas entre dientes.

—¡Por fin habéis llegado! —exclamó la voluminosa Margarita abrazándose a su vez al «Cuti». Ella estaba también muy alterada—. ¡Creíamos que os había pasado algo!

—¿Cómo que *nos* había pasado algo? ¿Es que todos aquí sabíais que Onofre estaba conmigo?

—Hombre..., nos lo imaginábamos...

—Pues sí que... ¿Y éste quién es? —inquirió entonces el «Cuti», dirigiéndose a un mozalbete de pelo rizado y patillas, que estaba tumbado en una especie de diván, bajo el techo inclinado de la buhardilla, y que miraba a todos con profundo y reconcentrado aburrimiento.

—¿Tú eres el «Cuti»? —dijo él sin mover un dedo.

—El mismo. ¿Y tú?

—Pues ya iba siendo hora. Llevamos aquí desde las diez de la noche esperándote. ¡Y son las doce menos cuarto! Y encima con el mogollón que hay aquí, que está todo el mundo como para que le encierren...

—¿Se puede saber quién es este individuo? Margarita...

—Pues... —respondió ella—. Es un sobrino de tu portero, Hermenegildo. Eso es lo que nos ha dicho él.

—Sí. Es que mi tío al final no ha podido venir; le tiene muy controlado la parienta. Y me ha pedido que venga yo en su lugar. Estaba yo tan dabuti viendo el partido de fútbol y va y me pega un telefonazo. Que si podía venir..., que por favor, que era muy importante, que teníamos que ser cinco, sin falta..., y yo qué sé. Ahora, que otra vez no me pilla en una de éstas. Yo que me pensaba que iba a ser una partida de póquer, o algo así... ¡Vaya encerrona! Oye, y esto del espiritismo, ¿cuánto dura?

—¡Pero, bueno...! ¿El Herme nos ha mandado a su sobrino? —el «Cuti» no salía de su estupor, ni de su indignación—. Pero esto no puede ser. ¡Me lo han descabalado todo!

—En fin, Santiago —intervino Margarita, que seguía muy nerviosa y muy coloradota—, tampoco hay que desanimarse. Yo creo que tenemos que empezar ya. Somos cinco, como tú dijiste, y eso es lo importante, ¿no?

—No sé, no sé... —el «Cuti» evaluó rápidamente el material de que disponía. Por un lado, doña Sole y Onofre, allí gimoteando uno en brazos de la otra; por otro, el gaznápiro aquél, el sobrino de Herme; y luego, Margarita Bejarano y él.

—¡Van a dar las doce de la noche de un momento a otro! —insistió Margarita agitando nerviosamente las manos—. ¡Hay que empezar ahora mismo si queremos que los espíritus nos sean propicios! ¡Ya no se puede esperar más!

—Está bien —asintió Onofre tras unos instantes de reflexión.

—Oye, yo antes, si no os importa —dijo Onofre sin separarse de su madre—... me gustaría ir a... ¿Dónde está el...?

—¿El váter? —apostilló el mozalbete incorporándose a medias en su diván—. ¡Hombre, a ver si puedes tú convencer aquí a la gorda de que nos deje ir! Llevo queriendo ir al váter desde hace una hora, pero nada, que no me deja la señora. Dice que tenemos que estar juntos para no dispersar las energías. Y yo... ¡es que me lo estoy haciendo!

—¡No podemos andar retrasando la sesión...! —comenzó a decir furiosamente Margarita—. Si ahora nos ponemos todos a...

—Bueno, pero es que tampoco vamos a empezar bien las cosas si no... —alegó el «Cuti», interrumpiéndose—. Tú ya me entiendes, Margarita...

—Bueno. Esperad aquí —ordenó la mujer. Parecía, repentinamente, muy inquieta—. Que no salga nadie todavía. Tengo... que arreglar un poco el cuarto de baño —y salió, cerrando la puerta inmediatamente.

—Bueno, jefe —aprovechó el jovenzuelo—, que..., lo que le había preguntado antes: ¿cuánto dura esto del espiritismo?

—¿Pero tú no has asistido nunca a una sesión de espiritismo?

—¿Qué dices? A mí esas cosas me la traen flo...; bueno, quiero decir que a mí esas cosas no me dicen nada. Yo no trago con todas esas chuminadas.

—¿Ah, no?

—¡Qué va, hombre! Me gustan, a veces, las pelis de terror. Si están bien hechas. Cuando las mesas echan a volar y todo eso. Y cuando empiezan a salir rayos de fuego de los ojos, y cosas así. Y luego, uno que muere achicharrado... Pero, vamos, que no trago.

—Bueno, pero, vamos a ver..., ¿cómo te llamas?

—Manolo.

—Muy bien, Manolo. Vamos a ver si ponemos un poco de orden en el asunto. Aquí sólo se te pide que intentes hacer lo que yo te vaya diciendo. Sólo con que hagas lo que hagamos todos, con la mejor voluntad...

—¿Es fácil?

—Sí. Es muy fácil. Cualquiera lo puede hacer. Tengo que decirte que lo que vamos a intentar es muy importante. ¿Tú sabes algo de Onofre?

—¿Quién, aquel menda de allí, que está hecho polvo? ¿El turco?

—Sí, ése. Pero no es turco.

—Ni idea. Lo que me ha contado su madre en el rato que hemos estado aquí. Que dice que es un tío majísimo. Pero, bueno, eso es lo que dicen todas las madres, ¿no? Y luego, la gorda le ha dicho que se callase. Así que hemos estado aquí, callados, las dos horitas. Aunque por ahí dentro se oían unos ruidos rarísimos...

—¿Qué ruidos?

—No sé. Como cosas raras. ¡Joé, lo que tarda la tía ésta! ¿No? A ver si está limpiando con lejía todo el cuarto de baño...

—Bueno, pues mira, Manolo, para que veas que la cosa no va de broma, esos ruidos es muy posible que sean de algunos espíritus, que ya están empezando a captar que aquí los necesitamos. Eso es para que te des cuenta de que sí ocurren cosas incomprensibles para nuestra mente, y de que...

—O sea, que se han enterado de que va a haber aquí un guateque, y se están preparando en la habitación de al lado, ¿no?

—Muy gracioso, hombre.

En ese momento, entró Margarita Bejarano.

—Venga, rápido. Ya puedes ir, Manolo. Yo te acompaño.

—¡Menos mal! ¡Es que si no me lo hacía aquí mismo! —Manolo se fue con ella.

—Bueno, amigos, ¿qué os parece si nos vamos ya sentando a la mesa? —dijo el «Cuti» acercándose a doña Sole y a Onofre, que seguían allí abrazados. Y, de paso, cogió el paquete donde estaba el tablero de la uija y empezó a desenvolverlo.

—Ya, mi niño, ya —decía la madre acariciándole los

cuatro pelos de las sienes—. Venga, tu amigo tiene razón, Onofrito. Cuanto antes se acabe esto, mejor. Pero luego te vienes conmigo a la comisaría, y allí lo aclaramos todo con el inspector Muñoz, que es un hombre muy comprensivo. ¡Anda que no he hablado yo con ese señor! Y me ha prometido que no te va a pasar nada.

—¡Pero mamá, por favor, no seas ingenua! Eso se lo dirán a todas las madres de todos los asesinos. ¿No entiendes que ellos lo que quieren es...?

—Bueno, bueno —intervino el «Cuti»—. Venga, sentaos. A ver, usted, señora, ahí, a la derecha de su hijo. Y tú, Onofre, aquí, a mi derecha —el propio «Cuti» se sentó en una silla de espaldas a la ventana.

En ese momento llegaron Manolo y Margarita. Manolo traía una cara un poco rara. Algo así como si no hubiese hecho sus necesidades con total satisfacción.

—Tú puedes aguantarte, ¿verdad, Onofre? —dijo el «Cuti».

—Hombre, pues...

—Venga, venga, que no hay tiempo que perder.

—Ah, ¿ya estáis colocados? —dijo Margarita, más tranquila—. Magnífico. Pues venga. Yo me siento aquí —y apartando una silla enfrente de donde estaba el «Cuti», depositó su voluminoso cuerpo en ella.

—Bueno, yo había pensado que tú, Margarita, te sentases a mi izquierda, ya que tienes experiencia...

—Sí, ya, pero es que... como yo a lo mejor tengo que estar entrando y saliendo...

—Bueno, vale. Entonces, tú, Manolo, siéntate en esta silla, a mi izquierda.

—¿Ya va a empezar el guateque?

—Oye, Manolo, por favor —dijo Cutillas con la mayor seriedad—, te ruego que dejes ahora las bromitas. ¿De acuerdo? Nos estamos jugando mucho en este asunto.

—Ya, jefe, pero..., y si me da la risa, ¿qué hago?

—Deja, deja —intervino Margarita, viendo que el «Cuti» empezaba a descomponerse—. Yo me encargo de él —y puso su enorme brazo encima de la mano del chaval—. Tú, calladito estás más guapo. ¿Vale?

—Bueno, sí, pero...

—¡A callar!

—Ay, Dios mío —suspiró doña Sole—. ¡Y que se tenga una que ver en éstas! ¿Por qué será tan complicada la vida?

—Mamá, por favor, que el «Cuti» quiere que empecemos...

—¡Si no te hubieses enredado tanto con esas cosas vuestras de «osnis» y de «pichologías» de ésas, ahora no te verías así! ¡Onofre, por favor! ¡Anda que no te he avisado yo!

—Sí, mamá, pero ahora ya no hay más remedio que...

—¡Tanto programa de radio, y tanta historia!

—Bueno..., vamos a ver, doña Sole... —terció el «Cuti»—. Por favor, que ahora no es momento de...

—Exactamente —cortó Margarita encendiendo un mechero—. Silencio. Ahora vamos a guardar silencio todos, y ya está. Son casi las doce de la noche. Hay que empezar. Oye, chico, tú que tienes los brazos más largos, ¿por qué no vas encendiendo los candelabros?

—Pues vale. Oye, pero, ¿de quién es el cumpleaños?... Bueno, bueno..., tranquilos, que no he dicho nada...

—Y tú, Onofre —añadió la anfitriona cuando dejó de asesinar con la mirada a Manolo—, ¿puedes apagar aquella lámpara? Sí, eso es.

De repente, la antigua y grandiosa presencia del fuego se aposentó en la sala. Todo el mundo, bajo sus efectos, quedó callado y expectante. El «Cuti» se agachó para coger el tablero, que lo tenía a su lado, y lo colocó sobre la mesa.

—Yo creo que hay energía suficiente para hacerlo sin la uija—sugirió Margarita bajando la voz, en consonancia con el misterioso ambiente que habían creado los candelabros—. ¿No estás de acuerdo conmigo, Santiago?

—Bueno... Podemos intentarlo.

—¿No vamos a jugar con el vasito entonces? —se lamentó Manolo—. ¡Qué pena! A eso sí que he jugado yo otras veces. ¡Ja! ¡Siempre lo llevaba donde yo quería!

—¡Basta! ¡Ni una sola palabra más! —ordenó Margarita de nuevo.

—Está bien —prosiguió el «Cuti»—. Poned todos las manos encima de la mesa, así. Eso es. Ahora hagamos que nuestros dedos estén en contacto con los de los de al lado. Bien. Se trata de cerrar el círculo, todos en contacto. Perfecto. Ahora, por favor, guardemos un absoluto silencio, mantengamos los ojos cerrados y tratemos de concentrarnos en una sola idea: Mondolfio.

—Mon... ¿qué? —dijo Manolo soltando una carcajada nerviosa.

A nadie se le contagió la hilaridad, puesto que Onofre y su madre asistían con sufrida y nerviosa resignación a todo el evento, así que el «Cuti», con voz cavernosa, prosiguió:

—¡Cesare Mondolfio di Mantua! ¡Te invocamos a ti, espíritu de Mondolfio, para que comparezcas ante nosotros, humildes mortales! ¡Te invocamos pidiendo tus favores, oh Mondolfio, y yo, fiel guardián de tu memoria, te invito a que utilices mi cuerpo, mi sangre y mi voz para que te expreses a través de él!

Luego hubo un largo y concentrado silencio, roto de cuando en cuando por algún irreprimible estallido de risa del sobrino de Hermenegildo, que no se creía nada, y por el impresionante tañido de doce lejanas campanadas en el aire de la noche.

Y, de repente, un largo y gangoso lamento del «Cuti» les erizó los pelos a todos.

—«¡Eeeennnngggggg...!»

Cutillas comenzó a cabecear, adelante y atrás, con violencia, al tiempo que gruesos goterones de sudor surcaban su frente. Todo su cuerpo tembló, primero rápidamente, luego a espasmos discontinuos. Los ojos, y sobre todo la boca, descontrolada, se movían en todos los sentidos, como si en su garganta o en su pecho estuviesen produciéndose extrañas y lacerantes metamorfosis.

—«Questo noooon mi piace!» [3] —produjo la garganta del «Cuti» con un sonido angustioso, lejano y siseante, absolutamente antinatural.

El «Cuti» tuvo un pequeño respiro en medio del trance. Su rostro, por un momento, volvió a recuperar la configuración habitual, a pesar del esfuerzo que acababa de soportar. Él mismo, con su voz de siempre, preguntó:

—¿Qué es lo que no te gusta, Mondolfio? Tengo la respuesta al enigma que me propusiste.

De nuevo las mismas convulsiones, aunque ahora todo se produjo más rápidamente.

—«Che cooosa volete da meee? [4] Ya séééé que conoces la resssspuessta al eniggggmaaa. Te felicitttto una

---

[3] «¡Esto no me gusta!»

[4] «¿Qué queréis de mí?»

vez mááááś, Sant Yago. Volete parlaaare con iii tre uoooomini assassinati duuuue giorni faaaa?» [5]

—¡Sí! —contestó rápidamente el «Cuti», casi superponiendo asombrosamente su voz por encima de la del fantasma—. ¡Sobre todo con los espíritus de José Ángel del Pozo y de Eliseo Ramírez! ¿Puedes hacer que comparezcan ante nosotros, Mondolfio?

—¿Más gente? —dijo Manolo intentando hacer un chiste—. Pues no vamos a caber aquí.

La tiritona de Onofre, que hasta el momento se había mantenido en unos términos discretos, se elevó a unas dimensiones realmente espectaculares. Ahora, hasta se oía el tembleque de sus manos sobre la superficie de la mesa. Lo cual, a Manolo, con sus ganas de cachondeo y su escepticismo, le provocó de nuevo la risa floja.

Margarita, histérica, le hincó vehementemente la larga y lacada uña de su regordete dedo meñique en el dorso de la mano, que fue contestado por éste con un aullido de dolor.

—«¡Síií!» —continuó entre espasmos la oxidada voz del «Cuti»—. «Han veniiiido conmigoooo ellos tresss. Pero yoooo no estarééé. Arrivederciiii!»

—¡No, Mondolfio! ¡Tú no te vayas, te lo ruego! —dijo, retomando su tono, el «Cuti».

—«Questoooo non mi piace nieeeente. Ciaooo, Sant Yaaaago.» [6]

—¡Mondolfio! ¡Mondolfio, prego! —suplicó el «Cuti». Pero no hubo nada más, por el momento.

Y todos, en la mesa, oyeron un largo rato el silencio.

---

[5] «¿Queréis hablar con los tres hombres asesinados hace dos días?»

[6] «Esto no me gusta nada. Adiós, Sant Yago.»

—¿José Ángel? ¿Ramírez? ¿Estáis aquí con nosotros?

Pero nada. Las facciones del «Cuti» se supone que se tomaron un descanso, pero no así sus nervios, que, tras varios minutos «al ralentí», se dispararon:

—¡No le gusta lo que hay aquí! ¿Lo habéis oído? ¡Claro! ¡A ninguno de ellos! —como aquello sonaba a regañina, Manolo volvió a reír atropelladamente como un colegial—. ¡Y no me extraña! ¡Esto es un puro cachondeo! ¡Así no se puede hacer espiritismos ni... leches! ¡La culpa es del imbécil éste que nos ha enviado Herme!

—Oye, tío —dijo Manolo levantándose como un resorte de su silla y agarrando por la pechera al «Cuti»—, no te pases conmigo ni un pelín, porque te parto la cara. Este teatrito que os estáis montando conmigo, yo me lo paso por el forro de...

—¡Tú lo que eres es un ignorante, que no tienes respeto por nada, ni siquiera por lo más...!

Manolo levantó el puño para descargarlo con toda su fuerza sobre la cara del «Cuti», pero... instantes antes de que pudiese hacerlo, las paredes vibraron con un siniestro cúmulo de estertores, agudos y estridentes, como si cientos de gatos estuvieran abrasándose vivos. Al mismo tiempo algo zumbó, como una rueda a miles de revoluciones, y, súbitamente, un extraño objeto brillante se materializó por el otro lado, traspasando limpiamente la pared del fondo de la habitación y, surcando el aire como una flecha, se estampó violentamente contra el rostro de Manolo, que salió despedido hacia atrás lanzando un aullido de dolor.

—¿Qué...? —susurró con un hilo de voz Santiago Cutillas.

—¡Ooooh, Dios mío! —exclamó doña Sole justo antes de caer desvanecida sobre la mesa.

Manolo había caído sobre el diván de detrás con

un cuchillo clavado hasta la empuñadura en el ojo izquierdo.

—¡Nooooo! —gritó Onofre como un poseso, y derribando las sillas a su paso, abrió la puerta y salió de estampida de la habitación—. ¡Nooooo! ¡Más noooo, por favoooor! —seguía gritando por un largo y oscuro corredor, sin saber hacia dónde dirigía su loca carrera. Y, desquiciado, fuera de control, intentando buscar una salida, desembocó en otro de los pasillos de aquella extraña y laberíntica casa. Pero allí se detuvo en seco. Al fondo había una puerta abierta e iluminada y, en el umbral, frente a él, una esperpéntica vieja, casi sin cabellos en la cabeza, estática, como si estuviese esperando precisamente su llegada.

Onofre, aterrorizado, retrocedió instintivamente unos pasos.

La vieja, sin verle, con aquellos espantosos ojos blancos, le hizo un pausado gesto con la mano. Le llamaba.

—Acércate, Onofre —dijo una voz asombrosamente aguda y rasposa, como la de un disco averiado, que a Onofre le trajo extraños recuerdos—. Yo soy el espíritu de la Venganza Sufí.

Onofre, sin darse cuenta, como imantado por aquella voz, se iba aproximando.

—Estoy aquí para terminar de hacer justicia. Y mi brazo, nuestro brazo, llegará incluso hasta los infiernos. Acércate.

Onofre, sin que su voluntad lo decidiese, estaba ya a unos pasos de ella. La podía observar claramente. Vieja, con la piel gris y arrugada, con estoposos mechones de pelo cano sobre su cabeza calva, con los globos de los ojos húmedos, de un blanco polvoriento, sucio...

—No temas nada, mi niño, porque tú eres un alma

inocente y llena de fe —la vieja extendió las manos y Onofre, simplemente, puso sus manos sobre ellas.

El tacto escamoso, seco, le transmitió una extraña y desconcertante fuerza interior. Se sentía íntimamente protegido, e incluso más que eso, respaldado por inconmensurables huestes de una infinita fiereza y de una fidelidad sin límites. Y, en efecto, detrás de ella, por un momento comenzaron a tomar forma en el aire decenas de extraños rostros descarnados, como una falange de guerreros invisibles, repletos de odio asesino, volcanes de violencia a punto de estallar. Pero, aunque esta visión le dejó sin aliento, lo más espeluznante de todo era el poder tan sobrenatural que emanaba de aquella repugnante vieja, capaz de dominar, de controlar con su solo gesto toda aquella inmensa fuerza destructiva.

La vieja se sonrió con malicia al percibir la admiración de Onofre.

—Deja que vengan esos malditos socarrones infieles —musitó con lascivia—. Llámalos, a los tres, y déjalos pasar. Sólo espero ese momento. Y entonces... —la vieja levantó uno de sus retorcidos dedos y, como si en ese instante se hubiese inflamado un cajón de pólvora, una llamarada de violencia estalló a sus espaldas, acompañada de los mismos horrísonos e insoportables chillidos que momentos antes de la muerte de Manolo había podido escuchar. Pero no duró ni un segundo. Nada más bajar el dedo la vieja, volvieron a callar—. Allá arriba —dijo sonriendo y señalando al aire— también exterminaremos a esa raza de canallas.

Onofre temblaba. Pero interiormente se sentía calmado. Extrañamente calmado.

—Ve. Haz que entren y que por unos momentos se sientan dueños del mundo. Que tengan confianza. No temas, nosotros, aquí, los esperaremos.

Onofre se volvió y, caminando erguido, con paso firme, desanduvo los intrincados, oscuros, oníricos corredores que en su huida había atravesado, hasta que llegó de nuevo a la puerta del salón. La abrió con decisión y se introdujo en él.

Lo que vio en el salón era una escena indescriptible. Del techo colgaba un cuerpo inerte, o, para ser más exactos, medio cuerpo, porque la parte superior se sumergía en el techo, y giraba. Giraba para un lado primero, y luego para el otro. No era, por supuesto, real, sino lo que los expertos llamarían una ideoplastia, una imagen mental. De sus zapatos, atado a un cordón, colgaba un trozo de papel cuadrado. En una de las caras ponía «MARGARITA», en la otra «ONOFRE». Las tres personas que seguían sentadas a la mesa, esto es, Santiago, su madre y Margarita, se volvieron lentamente para mirarle. Pero la espantosa luz mortecina que había en sus ojos delataba que no eran ellos los que habitaban aquellos cuerpos.

—«¡Onofriiito! ¡Te estááábamos esperaaaando!» —salió de la garganta del «Cuti», entre espasmos. Algo en aquella siniestra y viciosa voz le recordaba a su antiguo compañero Ramírez.

—«¿Te habías iiido al váááter?» —vomitó la boca de Margarita, a su izquierda. Ése, sin duda, era José Ángel.

—«Bueeeno, como sabíííamos para qué querííías hablar con nosoootros, ya hemos venido preparaaaados con la respuestaaaa. ¡Ja, jaaaa, jaaaa...! —la grosera carcajada que surgía del pecho del «Cuti» le hizo agitarse violentamente. Sudaba a chorros, y una repugnante espuma salía de su boca mientras señalaba al cuerpo aquél que, allá arriba, seguía girando.

—«¿Quiéééén nos matóóó? ¿Tú, Onofriito, o Margariiita? ¡Jua, jua, juaaaa! ¿Te gustaaa este enigggmaaa?»

—«Nooo les haga usteeed caaaso, don Onoooofre» —terció fantasmagóricamente la voz de Mario, el botones, metido en el cuerpo de la pobre doña Sole, que apenas si podía controlar el movimiento dislocado de sus ojos.

—¡Canallas! ¿Es que hasta después de morir seguiréis siendo unos canallas? —gritó Onofre lleno de ira y de indignación.

—«¡Claro! ¿Quééé te habííías creído? Y tú seguirááás siendo un estúúúpido eternaaamente!»

—«¡Jaaaa, jaa, jaaaa, jaaa!»

—«¡Yaaa está bieeen! ¿Nooo?» —aullaba la madre de Onofre, pero con el inequívoco tono de voz de Mario.

Una especie de lenta y profunda vibración comenzó a crecer, poco a poco, a espaldas de Onofre, lejos de aquella habitación.

—«¿Peroooo sabees de verdaaad por quéé hemos veniiido, Onoooofrito?» —dijo de repente José Ángel haciendo dar un tremendo golpe sobre la mesa al puño de Margarita.

—Habéis venido a reíros de mí una vez más. Pero os aseguro que esta vez será la última —sentenció Onofre, congestionado.

—«Sííí. Claro queee seráá la úúúltima. ¡La últiiima aquí entre los vivoooosss! ¡Jaaaa, jaa, jaaaa!»

—«¡Porqueee hemos venííído a por tiiii, Onofritoooo! ¡A por tiiiiii!»

—¿Cómo? ¿Estáis locos? —aulló Onofre retrocediendo—. ¡Vosotros no podéis hacerme nada! ¡Sois espíritus!

Pero, con extraños movimientos rígidos, los cuerpos del «Cuti» y de Margarita se levantaron amenazadores de sus asientos, entre tremendos temblores, y se acercaron a él, uno por cada lado de la mesa.

—«¡Yaaa bastaa de bromaaas!» —gritó Mario tratando de interponer el cuerpo que ocupaba. El «Cuti», de un manotazo, apartó a doña Sole de su camino.

—«¿No recueeerdas la maldicióóón? "¡Yacerááás conmigoooo de aaaquí a tresss dííiasss!" ¡Ja, jaaa, jaaaaa! ¡Y acabaaa de comenzaaar el terceer díaaaa!»

Unos golpes de pico comenzaron a sonar rítmicamente en la habitación, como en aquel maldito programa de radio.

Le agarraron pesadamente cada uno de un brazo y comenzaron a tirar de él. ¡Eran las manos de sus propios amigos, Margarita y Cutillas, y él no podía hacer nada por evitarlo!

—¡Santiago! ¡«Cuti»! ¡Regresa!

—«Vengaaa, Onofriiito, no te resiiiistas. Vente con nosotrosss.»

—«Sííí, andaaaa, que así tendreeemos tiempo para gastaaarte muchaaas más bromaaas. Toda la eternidaaaad.»

—«¡Dejaaadle de unaaa veez!» —gritó Mario agarrándole por una pierna.

—¡Señora, por favor! ¡Señora! ¡Venga! ¡Venganza sufí! ¡Dese prisa! ¡¡Que me quieren llevar!! —bramaba Onofre, pálido y desencajado, mientras tiraban de él, cada uno por su lado.

—«¡Vaaamos, sueelta de una vezzz, Mariooo, cabezóóón! ¡Sueeeltaaa!»

Pero nadie soltaba. Al revés. La fuerza sobrehumana que desarrollaban los brazos del «Cuti», de Margarita y, lo más asombroso, de su propia madre, en sentidos opuestos, hicieron que el cuerpo de Onofre quedara tendido en el aire, en horizontal. La tensión continuó aumentando, y aumentando, hasta el punto de que Onofre, por encima del pánico, comenzó a sentir un agudísimo dolor en todos los tendones de su cuerpo. Las piernas y los brazos empezaron a descoyuntarse mientras se elevaba, cada vez más alto. De pronto se vio suspendido en el aire, a mucha altura, casi rozando el techo, con los miembros estirados de forma antinatural, mientras las risas espasmódicas de allá abajo coreaban su terror. Y, por fin, en ese instante, el mismo zumbido que se había escuchado antes inundó la sala. Y un enorme concierto disonante de gritos espantosamente agudos se arremolinó a su alrededor. Sutiles formas bastardas, de descomunal energía, lo arrollaron todo a su paso, con una violencia sin límites. Los cuerpos astrales de los tres muertos invitados se diluyeron instantáneamente en la nada eterna con un interminable aullido infernal, como si una irradiación atómica hubiera desintegrado su energía, y los cuerpos físicos que ocupaban, es decir, los cuerpos de Margarita, el «Cuti» y doña Sole, cayeron al suelo derrumbados y sin fuerzas. El último que cayó fue Onofre, desde allí, desde lo alto. Su cuerpo se estampó de plano sobre la mesa, con un ruido ensordecedor.

Luego todo aquel apocalipsis, como por arte de magia, se recogió en sí mismo y desapareció, y se instauró en la casa un silencio sobrecogedor. El cargado ambiente volvió poco a poco a recuperar la frescura de la noche estrellada de verano, y Margarita, el «Cuti» y doña Sole comenzaron a dar los primeros signos de vida.

Y mientras la vieja palpaba el cuerpo sin vida de Onofre, descoyuntado sobre la mesa, comenzaron a oírse unos fuertes golpes en alguna otra parte de la casa. Sólo que éstos eran ruidos mucho más terrenales, porque instantes después irrumpía en la habitación un nutrido grupo de policías, pistola en mano, abriendo paso al ya famoso inspector don Avelino Muñoz.

Pero para ese entonces la vieja ya había saltado a los

tejados y su pequeña y deforme silueta corría con suma facilidad bajo la esplendorosa capa de estrellas. La niña de las coletas de la buhardilla vecina que, asomada a su ventana, la vio pasar, murmuró:

—La «Pelona» nunca duerme. Como haré yo cuando sea mayor.

13 *La última cabezada*

—¡ONOFRITO, que te quedas frito!

Alfonso Bermejo, el contable, le palmeó la calva a Onofre al pasar junto a su mesa en dirección a los lavabos.

Onofre, en efecto, con la barbilla apoyada en la mano izquierda, hacía una vez más desesperados esfuerzos por conservar entreabiertos los ojos y por seguir manteniendo vertical en su mano derecha la misma hoja del parte de siniestros del mes. Miró a izquierda y derecha para saber si la vigésima novena cabezada de la jornada había resultado demasiado escandalosa para sus compañeros de sección, o no, y el panorama que vio le devolvió de nuevo la tranquilidad. Todos andaban a lo suyo, excepto Ramírez y José Ángel que, como siempre, le miraban con una media sonrisa zumbona, y la pesada y gorda de Margarita Bejarano, con su eterna mirada tierna, como de vaca enamorada. Pero don Fernando, allá al fondo, en su mesa de jefe de sección, hablaba con otra secretaria y no se había percatado tampoco de su último ataque de modorra.

—¡«Onofrito», que te quedas frito! —repitió Ramírez desde su mesa, y Jose Ángel, su vecino de escritorio, le rió la gracia con aspavientos todavía mucho más simiescos, como un universitario histérico.

—¡Calla hombre! —le reconvino Ramírez levantándose para acercarse a la mesa de Onofre—. ¿Qué, esta noche también te enrollas con tus fantasmas? ¿Sigues con tu programa de radio sobre el más allá?

—Ya ves —contestó Onofre con media sonrisa—. Cada uno tiene sus manías.

—Pues yo esta noche también lo quiero oír —dijo Ramírez intentando corregir el tono de cinismo.

—¿Sí?

—Sí. Y yo igual —terció José Ángel, que también se había aproximado.

—¿De veras? ¿Y eso por qué? —se extrañó Onofre.

—Es que esta noche está dedicado a las psicofonías. Y eso sí que no me lo pierdo.

—Ni yo —coreó José Ángel.

Y todos se volvieron ante la enorme figura que se añadía a la improvisada tertulia:

—Ni yo —afirmó Margarita Bejarano.

Índice

EL BARCO DE VAPOR

SERIE ROJA (a partir de 12 años)

1 / *Alan Parker,* Charcos en el camino
2 / *María Gripe,* La hija del espantapájaros
3 / *Huguette Perol,* La jungla del oro maldito
4 / *Ivan Southall,* ¡Suelta el globo!
6 / *Jan Terlouw,* Piotr
7 / *Hester Burton,* Cinco días de agosto
8 / *Hannelore Valencak,* El tesoro del molino viejo
9 / *Hilda Perera,* Mai
10 / *Fay Sampson,* Alarma en Patterick Fell
11 / *José A. del Cañizo,* El maestro y el robot
12 / *Jan Terlouw,* El rey de Katoren
14 / *William Camus,* El fabricante de lluvia
17 / *William Camus,* Uti-Tanka, pequeño bisonte
18 / *William Camus,* Azules contra grises
20 / *Mollie Hunter,* Ha llegado un extraño
22 / *José Luis Olaizola,* Bibiana
23 / *Jack Bennett,* El viaje del «Lucky Dragon»
25 / *Geoffrey Kilner,* La vocación de Joe Burkinshaw
26 / *Víctor Carvajal,* Cuentatrapos
27 / *Bo Carpelan,* Viento salvaje de verano
28 / *Margaret J. Anderson,* El viaje de los hijos de la sombra
30 / *Bárbara Corcoran,* La hija de la mañana
31 / *Gloria Cecilia Díaz,* El valle de los cocuyos
32 / *Sandra Gordon Langford,* Pájaro rojo de Irlanda
33 / *Margaret J. Anderson,* En el círculo del tiempo
35 / *Annelies Schwarz,* Volveremos a encontrarnos
36 / *Jan Terlouw,* El precipicio
37 / *Emili Teixidor,* Renco y el tesoro
38 / *Ethel Turner,* Siete chicos australianos
39 / *Paco Martín,* Cosas de Ramón Lamote
40 / *Jesús Ballaz,* El collar del lobo
43 / *Monica Dickens,* La casa del fin del mundo
44 / *Alice Vieira,* Rosa, mi hermana Rosa
45 / *Walt Morey,* Kavik, el perro lobo
46 / *María Victoria Moreno,* Leonardo y los fontaneros
49 / *Carmen Vázquez-Vigo,* Caja de secretos
50 / *Carol Drinkwater,* La escuela encantada
51 / *Carlos-Guillermo Domínguez,* El hombre de otra galaxia

52 / *Emili Teixidor,* Renco y sus amigos
53 / *Asun Balzola,* La cazadora de Indiana Jones
54 / *Jesús M.ª Merino Agudo,* El «Celeste»
55 / *Paco Martín,* Memoria nueva de antiguos oficios
56 / *Alice Vieira,* A vueltas con mi nombre
57 / *Miguel Ángel Mendo,* Por un maldito anuncio
58 / *Peter Dickinson,* El gigante de hielo
59 / *Rodrigo Rubio,* Los sueños de Bruno
60 / *Jan Terlouw,* La carta en clave
61 / *Mira Lobe,* La novia del bandolero
62 / *Tormod Haugen,* Hasta el verano que viene
63 / *Jocelyn Moorhouse,* Los Barton
64 / *Emili Teixidor,* Un aire que mata
65 / *Lucía Baquedano,* Los bonsáis gigantes
66 / *José L. Olaizola,* El hijo del quincallero
67 / *Carlos Puerto,* El rugido de la leona
68 / *Lars Saabye Christensen,* Herman
69 / *Miguel Ángel Mendo,* Un museo siniestro
70 / *Gloria Cecilia Díaz,* El sol de los venados
71 / *Miguel Ángel Mendo,* ¡Shh... esos muertos, que se callen!
72 / *Bernardo Atxaga,* Memorias de una vaca
73 / *Janice Marriott,* Cartas a Lesley
74 / *Alice Vieira,* Los ojos de Ana Marta
75 / *Jordi Sierra i Fabra,* Las alas del sol
76 / *Enrique Páez,* Abdel
77 / *José Antonio del Cañizo,* ¡Canalla, traidor, morirás!
78 / *Teresa Durán,* Juanón de Rocacorba
79 / *Melvin Burguess,* El aullido del lobo
80 / *Michael Ende,* El ponche de los deseos
81 / *Mino Milani,* El último lobo
82 / *Paco Martín,* Dos hombres o tres
83 / *Ruth Thomas,* ¡Culpable!
84 / *Sol Nogueras,* Cristal Azul

Colección GRAN ANGULAR

1 / *Jean-Claude Alain,* **Los muchachos de Dublín**
3 / *Eve Dessarre,* **Danièle en la isla**
7 / *Luce Fillol,* **María de Amoreira**
8 / *Ch. Grenier-W. Camus,* **Cheyenes 6112**
10 / *John R. Townsend,* **El castillo de Noé**
11 / *William Camus,* **Un hueso en la autopista**
14 / *Jan Terlouw,* **Invierno en tiempo de guerra**
15 / *María Halasi,* **Primer reportaje**
16 / *André Massepain,* **Los filibusteros del uranio**
17 / *Lucía Baquedano,* **Cinco panes de cebada**
18 / *Rosemary Sutcliff,* **Aquila, el último romano**
19 / *Jordi Sierra i Fabra,* **El cazador**
20 / *Anke de Vries,* **Belledonne, habitación 16**
21 / *Willi Fährmann,* **Año de lobos**
23 / *María Gripe,* **El abrigo verde**
24 / *W. Camus-Ch. Grenier,* **Una india en las estrellas**
26 / *Willi Fährmann,* **El largo camino de Lucas B.**
29 / *Thea Beckman,* **Cruzada en «jeans»**
30 / *Jaap ter Haar,* **El mundo de Ben Lighthart**
31 / *María Gripe,* **Los escarabajos vuelan al atardecer**
32 / *Jordi Sierra i Fabra,* **...En un lugar llamado Tierra**
33 / *Anke de Vries,* **El pasado quedó atrás**
34 / *Carmen Kurtz,* **Querido Tim**
36 / *Montserrat del Amo,* **La piedra de toque**
38 / *María Gripe,* **El rey y el cabeza de turco**
40 / *María Gripe,* **Agnes Cecilia**
44 / *Käthe Recheis,* **El lobo blanco**
47 / *María Gripe,* **La sombra sobre el banco de piedra**
49 / *María Gripe,* **El túnel de cristal**
51 / *Forrest Carter,* **La estrella de los cheroquis**
52 / *Lensey Namioka,* **En el pueblo del gato vampiro**
54 / *Fernando Lalana,* **El zulo**
55 / *Carlos-Guillermo Domínguez,* **Atacayte**
56 / *Alfredo Gómez Cerdá,* **La casa de verano**
58 / *Jordi Sierra i Fabra,* **Regreso a un lugar llamado Tierra**
62 / *José Luis Martín Vigil,* **Habla mi viejo**
64 / *Albert Payson Terhune,* **Lad, un perro**
67 / *Montserrat del Amo,* **La encrucijada**
68 / *Jordi Sierra i Fabra,* **El testamento de un lugar llamado Tierra**
69 / *Helen Keiser,* **La llamada del muecín**
70 / *Lene Mayer-Skumanz,* **Barro entre las manos**
74 / *Leonor Mercado,* **Cuaderno de bitácora**
75 / *Carlos-Guillermo Domínguez,* **Sosala**
76 / *Anke de Vries,* **Cómplice**
77 / *Jordi Sierra i Fabra,* **El último verano miwok**
79 / *Jordi Sierra i Fabra,* **El joven Lennon**
81 / *Isolde Heyne,* **Cita en Berlín**
82 / *Juan M. San Miguel,* **Alejo**
83 / *Federica de Cesco,* **El caballo de oro**
84 / *María Gripe,* **Aquellas blancas sombras en el bosque**
86 / *Jan Terlouw,* **Barrotes de bambú**
87 / *John Hooker,* **El capitán James Cook**
88 / *Carlos Villanes Cairo,* **Destino: la Plaza Roja**
90 / *Miguela del Burgo,* **Adiós, Álvaro**
91 / *Andy Tricker,* **Voy a vivir**
92 / *Thomas Jeier,* **El apache blanco**
94 / *Urs M. Fiechtner,* **Historia de Ana**
95 / *Fernando Lalana y Luis Puente,* **Hubo una vez otra guerra**
96 / *Rodrigo Rubio,* **La puerta**
97 / *Alfredo Gómez Cerdá,* **Pupila de águila**
99 / *Liva Willens,* **A veces soy un jaguar**
100 / *Jordi Sierra i Fabra,* **La balada de Siglo XXI**
102 / *Fernando Lalana,* **Morirás en Chafarinas**
103 / *Gemma Lienas,* **Así es la vida, Carlota**
104 / *Josep Francesc Delgado,* **Las voces del Everest**
105 / *Emili Teixidor,* **El soldado de hielo**
106 / *Carlos Villanes Cairo,* **Retorno a la libertad**
107 / *Sheila Gordon,* **¡Ni una hora más!**
108 / *Alice Vieira,* **Úrsula**
109 / *María Gripe,* **Carolin, Berta y las sombras**
110 / *Juan M. San Miguel,* **Cerco de fuego**
112 / *Carlos Puerto,* **Akuna matata**
114 / *Sigrid Heuck,* **El enigma del maestro Joaquín**
115 / *Francesc Sales,* **Diario de Alberto**
118 / *Maite Carranza,* **La selva de los arutams**
119 / *Joan Manuel Gisbert,* **La frontera invisible**
120 / *Peter Dickinson,* **Mi madre es la guerra**
121 / *Nicole Meister,* **La historia de Mon**
122 / *Mette Newth,* **Secuestro**
123 / *Werner J. Egli,* **Tarantino**
125 / *Manuel Alfonseca,* **Bajo un cielo anaranjado**
126 / *Mercè Canela,* **Partitura para saxo**
127 / *Xavier Alcalá,* **Contra el viento**
128 / *Gillian Cross,* **La hija del lobo**
130 / *José Luis Velasco,* **El guardián del paraíso**
131 / *Mecka Lind,* **A veces tengo el mundo a mis pies**
132 / *Joachim Friedrich,* **El tango de Laura**
133 / *Lola González,* **Brumas de octubre**
134 / *Jordi Sierra i Fabra,* **Malas tierras**
135 / *Nina Rauprich,* **Una extraña travesía**
136 / *Gillian Cross,* **Nuevo mundo**

Edición especial

29 / *Thea Beckman,* **Cruzada en «jeans»**
31 / *María Gripe,* **Los escarabajos vuelan al atardecer**
101 / *Michael Ende,* **El ponche de los deseos**
102 / *Fernando Lalana,* **Morirás en Chafarinas**
111 / *Joan Manuel Gisbert,* **La noche del eclipse**
113 / *Jordi Sierra i Fabra,* **El último set**
116 / *Vicente Escrivá,* **Réquiem por Granada**
117 / *Fernando Lalana,* **Scratch**
124 / *Alejandro Gándara,* **Falso movimiento**
129 / *Juan Madrid,* **Cuartos oscuros**